Druckversion
Das Lied des Schamanen
Helga Janzen
ISBN 9781973414247

Vorwort

Auch das Lied eines Schamanen kann den Weg aus religiösen Interpretationsgefängnissen in die Freiheit zeigen.

Das Lied des Schamanen

oder

Ist die Religion zukunftsfähig und enkeltauglich?

17. Juni 2016

Der Schamane begann zu singen, und Markus schloss die Augen. Zuerst plagte ihn das unmögliche Verlangen, die fremden Worte zu verstehen. Doch dann überließ er sich dem Geschehen und versank mehr und mehr in unbeschreibliche Bereiche der Wirklichkeit. Tiefe Dankbarkeit erfüllte ihn für diese herzzerreißende, lebenspendende, glückseligmachende Erfahrung. Sein einziger Gedanke war: „Bitte, bitte, lasst mich hier bleiben, in diesem wunderbaren, leidfreien Raum. Ich will nie wieder zurück." Er fühlte sich emporgetragen und meinte, etwas wie den Gral in Händen zu halten. Alles war gut.

Nach dieser Zeremonie erschien Markus der Schamane mit seinem zerfurchten Gesicht und seinem gütigen Lächeln wie ein Wesen aus einer anderen Welt. Dieses Wesen saß nach dem Ritual auf einer Gartenbank, gelassen, entspannt und rauchte eine Zigarette.

Markus war ein kirchlicher Insider. An diesem sonnigen Vormittag begriff er, was alle Religion will und was ihre tiefste Quelle ist. Sein erster Impuls war: „Ich mache einen Trip in den Himalaya und gehe bei einem – nein bei diesem – Schamanen in die Lehre.

.

22. Juni 2016

„War das Erlebnis mit dem Schamanen wirklich ein Türöffner oder nur ein nettes Event? Warum habe ich etwas Ähnliches noch nie erlebt?" fragte sich Markus und realisierte die Empfindungen, die seine eigene Religion in ihm hervorgerufen hatten. Das war ein leicht angestrengter Zustand im Körper, vor allem im Kopf – so als lerne er für eine Klausur. Alle Heilstatsachen gespeichert? Die Reihenfolge richtig? Nichts Wesentliches vergessen? Die relevanten Vorstellungen vorhanden? Die Überzeugung hervorgerufen, auf der richtigen Seite zu stehen?
Tausendmal probiert und nichts war passiert. Dann dies! Begegnung mit einem Menschen aus einer so fremdartigen Kultur, dass er wahrscheinlich nicht zwei Wochen lang ohne Fluchtgedanken dort hätte leben können. Und doch vermittelte der etwas, was die Wort- und Gedankengebirge der eigenen Religion nicht erreichten. Vielleicht war das Gesuchte ja nur für Markus unauffindbar. Vielleicht war nur für ihn der kleine Playmobil-Luther ein Symbol für die Einseitigkeit einer Religion, die ihm nicht selten wie aus Plastik vorkam.

Diese schamanische Reise, diese Erfahrung, die er sich nicht erklären konnte! Wollte er auch gar nicht – nur immer wieder erleben. Das aber hatte klare Grenzen. Der Schamane war nur zwölf Tage in Deutschland. Sollte er nach Nepal fahren? Er hatte das vage Gefühl, dass nur d i e s e r Schamane solch einen außergewöhnlichen Zustand bei ihm hervorufen konnte. Nichts zog ihn zu einem westlichen Schamanen, von denen es ja nicht wenige gab.

24. Juni 2016

Gerade hatte Markus „Schamanisches Heilen" von Jakob Oertli (1) gelesen und wollte eine seiner Übungen ausprobieren: Beobachte eine Viertelstunde lang alles, was um dich herum geschieht. Er begann das Experiment, dachte aber gleich wieder an etwas anderes. Dann fiel ihm wieder ein, was er wollte, vergaß es wieder und erinnerte sich erneut.

Da, was war das? zwei Männer wie im Ringkampf lagen am Boden.

„Ist das Spaß?" fragte Markus den Mann vom Geldtransporter, der zuschaute.

„Ist kein Spaß, Securityman."

Der Kampf wurde heftiger, es floss Blut. Ein Ring von Zuschauern bildete sich.

„Hat jemand die Polizei gerufen?"

„Ja, ja."

Abwechselnd knallten die Männer aufs Pflaster. Beherzte Passanten wollten sie trennen – keine Chance. Schließlich kam ein bulliger Typ mit Armen wie Vorschlaghämmer: „So Freundchen, ab zum Kaufhaus." Das Schwergewicht und der Securityman packten sich den Farbigen und schleppten ihn ab.

„Der hat gestohlen", wurde gemunkelt.

Markus ging zur Bank um die Ecke und „tankte" Geld. Er hörte das Martinshorn. Zu spät. Der Kampfplatz war geräumt.

In einem Restaurant in der Nähe bestellte er einen Salat. Neben ihm saßen zwei Versicherungsvertreter, warteten auf einen

Kunden und unterhielten sich über Abschlüsse, Selbstbeteiligungen, Spezialklauseln. Der Kunde kam und Markus hörte: „Spätestens nach dem 34. Lebensjahr … privat …bleibt der Beitrag in der Regel konstant … eigentlich kündigt keiner nach zwei Jahren … wir machen jetzt Folgendes … so, dann die Pflegeversicherung."

Durchs Fenster sah Markus eine alte Bekannte, eine bemerkenswerte Frau. Sie arbeitete in verschiedenen Haushalten. Dafür ließ sie sich nicht bezahlen, sondern animierte ihre „Kundschaft" das Geld zu spenden: bei Oxfam für eine Ziege in Bangladesch, für Flüchtlingshilfe, Tierschutzverein usw.

„Man muss das Geld nicht so ernst nehmen", sagte diese Frau, die von einer winzigen Rente lebte.

Markus schaute sich um, gab es noch etwas Bemerkenswertes für einen zukünftigen Schamanen? Ihm fiel nichts auf. Also kaute er vor sich hin und zahlte acht Euro für einen kleinen Snack.

So. Was hatte das alles nun mit ihm zu tun? Fünfmal ging es um Geld. Das konnte doch kein Zufall sein. Rührte sich etwas? Fühlte er etwas? Wollte etwas geheilt werden? Hatte dieses Ereignis etwas mit „seinem Weg" zu tun? Ihm fiel nichts dazu ein. Er griff nach dem Keks auf dem Tablett und stutzte. Ein kleiner Bär schaute ihn an. Gestern, bei dem Versuch einer Meditation hatte sich ein Bär gezeigt, als er seine Angst tief im Bauch verstehen wollte. Darum konnte er den Kleinen nicht einfach zerbeißen. Also wickelte er ihn ein und nahm ihn mit.

Am nächsten Tag bemerkte Markus, wie das Thema Geld ihm auf eine freundliche, gar nicht kaltschnäuzige Art, näher kam.

Seine widersprüchliche Haltung: Ich brauche dich, ich lieb dich nicht, wurde ihm sehr bewusst. Anscheinend hatte er einen Wink bekommen, seine Haltung zu überdenken.

10. Juli 2016

Sie saßen an einem Brunnen, die alten Freunde. Der Gesang des Wassers. Sie horchten. Langsam lösten sich Konzepte auf. Die Gesetze verschwanden. Rauschen, strömende Melodien. Die Welt war Klang.

„Ist es DAS?", fragte einer in die Runde. Die Gesetze tauchten wieder auf, die Konzepte, die Muster. Willkommen in der Matrix.

„Ich war bei einem Schamanen", sagte Markus, „für einen Augenblick war da eine Kraft und der Vorhang riss auf."

„Wie soll ich das verstehen?"

„Die Bewegungen, die archaischen Gesänge, was auch immer. Es trug mich in einen Zustand von perlender, lichtvoller Energie – von: alles ist gut."

„Bist du jetzt erleuchtet?" „Ich suche, ich will es verstehen. Jedenfalls ist es etwas, das ich in meiner Kirche nie erlebt habe."

„Und was hast du in deiner Kirche erlebt?"

„Wörterfluten, Gedankengebirge und irgendwann nur noch Langeweile."

„Stell dir vor, wir hätten die Kirchen nicht, jetzt in der

Flüchtlingskrise, der Schere zwischen Arm und Reich, den Rechtspopulisten. Da leisten sie doch Großartiges."

„Wie könnte ich das übersehen, aber dennoch ..."

„Was: dennoch?"

„Es fehlt das Herz."

„Das Herz, das Herz – was ist das Herz?"

„Ich sag's mal wie ein grönländischer Inuit-Schamane: 'Je schneller das natürliche Eis im Norden schmilzt, desto härter wird das Eis in den Herzen der Menschen. Überstrukturiert wie sie sind haben sie keinen Platz mehr für Spontaneität, für die Schönheit der Dinge. Deshalb ist ihr Herz eingefroren" (2)

„Ach ja, ach ja. Gib uns ein lebendiges Herz. Poesie der Sprache. Und dann der ganze Rattenschwanz: kalte Rationalität, Subjekt-Objekt-Trennung, narzisstische Gesellschaft, überbordender Individualismus und und ..."

„Stimmt das etwa nicht? Sag mir, was unsere sinngebenden Instanzen dagegen tun."

„Sie appellieren an das Wertebewusstsein, die bürgerliche Moral, notfalls an die zehn Gebote. Ist doch in Ordnung."

„Okay. Aber was für Kraftquellen stellen sie uns zur Verfügung, allen voran die Kirchen?"

„Na, immerhin eine 2000 Jahre alte Tradition, wieder und wieder durchgearbeitet und aktualisiert, so dass sie sich tief ins kulturelle Gedächtnis eingegraben hat. Selbst die, die sie ablehnen, können nicht an ihr vorbei sehen."

„Jetzt mal ehrlich: Könnt ihr heute mit diesen Botschaften

leben? Erfüllen sie euer Herz mit Freude und Liebe? Sind sie Quellen für Lebendigsein und Erneuerung? Ich für mein Teil muss sagen: seit ich die Schamanen kennengelernt habe, weiß ich, was ich immer gesucht habe, nämlich eine wirkliche Erfahrung."

13. Juli 2016

Weit hallende Glockenklänge über der geschäftigen Menge. Zeit für die Abendmesse. Ein Häuflein von Standhaften folgte den Anweisungen der Orgel, sprach viele Worte, hörte geduldig viele Worte, während der Raum seine Weite spendete und ein Verstehen, höher als alle Vernunft.

Draußen formierten sich Rechtsradikale und Fußballfans. Das Martinshorn schrillte. Man kannte das alles und blieb gelassen.

Gibt es Zufälle? Am Ausgang der Kirche traf Markus einen alten Bekannten. Sie gingen Cappuccino trinken.

„Ich komme gerade aus den Staaten, ein Kongress für transpersonale Psychologie."

„Bist du immer noch auf dem Trip?"

„Willst du mir jetzt die Beichte abnehmen?"

„Ich erteile dir die Absolution, wenn du mir ein wenig erzählst."

„Du weißt, dass ich unsere psychologischen Arbeitskonzepte inzwischen für zu eng halte. Sie funktionieren in Teilbereichen, erfassen aber nicht die Person in ihrer Ganzheit. Es macht einen Unterschied, ob einer mit einer Spinnenphobie oder mit einer Sinnkrise zu mir kommt. Überraschend war für mich

Folgendes: Je weiter du in den transpersonalen Bereich vordringst, desto mehr näherst du dich den Bereichen von Spiritualität und Religion."

„Ich dachte, das Thema sei für dich erledigt."

„Dachte ich auch. Aber meine Patienten haben mich eines Besseren belehrt. Viele suchen nach etwas Erfüllendem, Sinnhaften in ihrem Leben."

„Sollen sie doch in die Kirche gehen." Markus spielte provokativ den „Anwalt des Teufels".

„Du weißt selbst, wie selten das funktioniert. Die Menschen wollen Erfahrung, keine dogmatischen Richtigkeiten."

„Ja, ja. Führe uns nicht in Versuchung, sondern in die Non-Dualität."
„Spotte nur. Aber auch du wirst merken, dass Religion sich wandelt. Sie wird offener, integrationsfreudiger und erfahrbarer."

„So, so. Und was sagst du zur Wiederkehr von Fundamentalismus., Schöpfung in sieben Tagen, widernatürlicher Homosexualität , Christi Blut für uns vergossen, die Achse des Bösen – vom IS ganz zu schweigen?"

„Ich weiß, ich weiß. Das ist die traurige Ungleichzeitigkeit der Bewusstseinsentwicklung. Jedenfalls wird Religion in den westlichen Gesellschaften nur eine Chance haben, wenn sie wissenschaftliches Denken viel stärker integriert und die Menschen zu eigenen Erfahrungen ermutigt."

„Ecclesia semper reformanda (3), natürlich bin ich dafür. Nur, was die Erfahrungen angeht, schau mal ins Internet, Stichwort Esoterik. Hier zum Beispiel ein Text, mit dem ich mich gerade befasse. Da ist die Rede von sogenannten Transformern, die genau wissen, dass wir alle von Kontrolleuren einer Gehirnwäsche unterzogen werden. Die wollen uns so, ohne unser Wissen, für ihre Zwecke missbrauchen. Hinter diesen Kontrolleuren stecken gefallene Engel, die ihre Unsterblichkeit verspielt haben und der Menschheit das gleiche Schicksal bereiten wollen. Allerdings hat unsere Rasse die Chance zu erkennen, dass sie nicht zwei, sondern zwölf DNS-Stränge hat. Sobald sie das realisiert, wird sie unsterblich. Ehrlich, da ist mir die gute alte Kirche doch lieber."

„Wenn ich es recht verstehe, berufen sich diese Typen nicht auf eigene Erfahrungen, sondern auf irgendwelche Informationen oder Lehren, die sie wer weiß woher haben. Insofern überzeugt mich das Beispiel nicht."

„Dann sag mir ein Beispiel für das, was du meinst."

„Hm, ja, ich überlege. Auf der letzten Dokumenta gab es in einem Schloss einen großen leeren Raum, durch den der Wind wehte. Das war für mich so … wie war das mit Elia und dem Erdbeben? 'Der Herr war nicht im Erdbeben, nicht im Sturm – er war im stillen sanften Rauschen' (4). So ähnlich ging es mir auf der Dokumenta. So ähnlich ging es mir auch im Gasometer Oberhausen, wo Christo eine Art Kathedrale geschaffen hatte: hoch, weit, offen. Da gibt es auch so einen Spruch mit weitem Raum."

„Ja, gibt es: Du stellst meine Füße auf weiten Raum (5). Meinst du, man sollte nun in den Kirchen riesige Ventilatoren aufstellen, um das Wehen des Geistes zu simulieren?"

„So was statt Predigt wäre nicht schlecht. Versteh mich richtig, Erfahrung ist etwas Individuelles. Ich kann aber dazu ermutigt werden, und ich kann sie austauschen. Wenn die Kirchen das als Aufgaben sähen, würden sie vieles vom Esoterikboom wieder in ihre Räume, auch Gedankenräume, zurückholen. Sei es, wie es sei. Hast du Lust nächste Woche mit mir einen Vortrag über Empathie zu hören?"

18. Juli 2016

Markus war interessiert. Sie trafen sich vor einem imposanten Gebäude, wo in einer oberen Etage Licht brannte. Hier saß eine kleine Gruppe von auf Erfolg gedrillten Managern und hörte einem Personal-Coach zu, der über Empathie sprach.

„Sie wissen sicher, dass die Fähigkeit zur Empathie in der Gehirnstruktur ihre Grundlage hat. Stichwort: Spiegelneuronen. Nun wird dieses Vermögen in der Regel Sozialromantikern und Gutmenschen zugeschrieben, die gerne – wie die Indianer sagen – 50 Schritte in den Schuhen der anderen gehen, um ihre Mitmenschen zu verstehen. Sie hier, meine Herren, müssen aber in erster Linie die erfolgreiche Weiterentwicklung ihrer Firma vor Augen haben. Das erfordert Durchsetzungsfähigkeit im Konkurrenzkampf. Da hilft Verständnis und Einfühlung nur bedingt weiter. Dennoch, ich gebe ihnen ein Beispiel: Ein mittelständischer Unternehmer hat nach einem Gespräch mit einem Geschäftsfreund ein ungutes Gefühl. Darum versetzt er sich in die Lage des anderen, kriecht sozusagen in seine Person, trommelt genauso nervös mit den Fingern, zieht genauso hastig an der Zigarette und versucht die eleganten Redewendungen des anderen zu wiederholen. Plötzlich erlebt er sich wie ein Tiger im Sprung. Der Schrecken fährt ihm in die Glieder: Der andere will meine Firma, feindliche Übernahme. Anderes Beispiel: Sie wollen ihren Lieblingsfeind fertig machen. Seien sie genauso charmant, fokussiert und kaltblütig wie er. Erwarten sie nichts von einem Dialog in Augenhöhe und noch weniger als nichts von einer emotionalen Regung. Sie haben nur die Chance, ihn mit seinen eigenen Waffen zu schlagen. Seien sie also noch attraktiver, noch konzentrierter, noch egoistischer als er. Wenn sie das nicht hinkriegen, gehen sie ihm aus dem Weg. In Klammern: versuchen sie mal mit einem überzeugten IS-Kämpfer den berühmten Dialog in Augenhöhe."

Gelächter im mahagoni-vertäfelten Raum. In der Pause gab es Gespräche:

„In gewisser Weise beherrschen wir alle das Spiel, sonst wären wir nicht hier. Schadet aber nichts, es sich aus berufenem Mund nochmals erklären zu lassen."

„Wohl wahr. Wir spielen; aber wer sind wir wirklich?"

„Kommt man in die Jahre, wird die Frage heftiger. Im Vertrauen, ich erzähle dir etwas. Im Urlaub fahre ich gern in den hohen Norden, dahin, wo die Samen leben, nach Nord-Norwegen. Die haben noch echte Schamanen. Einmal habe ich mich an einem ihrer Rituale beteiligt. Wie man sich das so vorstellt: exotische Tracht, Trommeln,Tanzen, Ekstase. Ich mittendrin. Plötzlich spuckt der Schamane mir ins Gesicht. Ich will ihm eine kleben, aber meine Hand gehorcht mir nicht. Etwas in mir sagt: 'Der Kerl hat recht. Endlich bringt's mal einer auf den Punkt.' Am nächsten Tag bitte ich bei diesem alten Samen um ein Gespräch. Ich muss in eine Hütte kriechen, deren Eingang vielleicht 50 cm hoch ist. Sie wird wohl als Schwitzhütte gebraucht. Da saß der Herr der Geister und rauchte eine Pfeife, neben ihm ein Übersetzer. Er schaute mich durchdringend an und schwieg. Schließlich sagte er: 'Du würdest mir 100 000 Euro geben, wenn ich deine Seele zurückholte. Das geht aber nur, wenn du in die Berge gehst, ganz allein, und die Geister oder deinen Gott um Verzeihung bittest. Dann kannst du deine Seele rufen. Vielleicht kommt sie zurück."'

„Hast du dich auf die Socken gemacht?"

„Habe ich nicht, vielleicht mache ich es nach der Pensionierung. Aber jetzt, die aktuellen Probleme, die finanzielle Schieflage. Geht leider nicht."

„Hast du 'leider' gesagt, alter Junge? Vielleicht sollten wir es beide versuchen. Genug Leben gespielt."

21. Juli 2016

Markus wollte alles nur Erdenkliche über Schamanismus in Erfahrung zu bringen.

Bald saß er in der Bibliothek. Laptop, Räuspern, Gemurmel. Bücher über Schamanen und Religion. Das Thema war „in". Unglaublich, was er alles n i c h t wusste.

„Hallo, ihr Helfer, kommt ihr auch in eine Bibliothek? Bin ich auf meinem Weg oder nur im Irgendwo? Was ist?"

Tatsächlich formten sich Worte in seinem Inneren:

Immer ist die rechte Zeit.

Immer ist der rechte Ort.

Horche, lausche.

Es geschieht,

innen und außen.

Sei aufmerksam.

Das Jetzt tanzt auf der Vergangenheit

und bereitet die Zukunft.

Du bist dabei,

wach endlich auf.

Der Tanz, der Tanz,

weg aus zäher Trägheit.

Du bist gemeint.

Los jetzt, sei offen,

übe verstaubte Fähigkeiten.

Auf was willst du warten?

Die Bücher atmen.

Die Geister sind nah,

spenden Geschichten,

noch nie gehörte,

notwendige, für jetzt.

Er las wild durcheinander, was ihm über Schamanen in die Hände fiel, auch Kritisches, und wieder und wieder stellte er sich die Frage nach ähnlichen Elementen in der eigenen Kultur.

29. Juli 2016

Die Medien zeigten Originalvideos eines erneuten terroristischen Anschlags: Bei einer Schießerei an einem Container nahm die Polizei zwei Männer fest, der dritte war tot. Krankenwagen kamen, Verletzte wurden versorgt.

Markus hingegen schaukelte in einer Hängematte und genoss die Ferien. Ein paar Urlaubswochen lagen vor ihm. Dann würde er wieder unterrichten, Philosophie und Religion, in der Oberstufe eines Gymnasiums. Erneut würde er versuchen, die jungen Menschen für die tradierten Schätze ihrer Kultur zu begeistern. Allerdings zunehmend mit dem Gefühl, dass sie etwas anderes hören wollten und Markus ihnen auch lieber etwas anderes vermitteln würde. Aber was?

An einem der nächsten Tage, nach einer ausgedehnten Wanderung, dachte er: „Na, alter Hobby-Schamane, wie wär es mit einer Reise in die obere Welt?" Rhythmisches Trommeln per Radiorekorder wiegte ihn in leichte Trance. Einem seiner spirituellen Helfer stellte er die Frage: „Was kann ich meinen Schülern wirklich mitgeben für ihr Leben?"

Die innere Reise führte ihn an den Ort des Anschlags. Diesmal liefen Ratten aus dem Container, und es stank abscheulich. Seine „Helfer" wiesen ihn an, hinein zu klettern und einen Eimer herauszuziehen, der mit madenwimmelnden Fleischresten gefüllt war. Seelenruhig spießten die Begleiter nun diese modrigen Fetzen auf und ließ sie trocknen. Ein Wind fuhr durch die Häuserschluchten, drehte den Staub zu Wirbeln, verjagte die Ratten, die gierig nach den Fleischstücken sprangen und verwandelte sich in ein leises Wehen, das sich im Unhörbaren verlor. Die Helfer lächelten, klatschten in die Hände. Das war's.

Markus rätselte: Ein Container, faules Fleisch, hungrige Ratten, der Wind, sein Ekel, der bis zum Brechreiz ging. Sollte es sich um Lehrinhalte handeln, die verdorben waren? Waren der Eimer oder der Container zu eng? War darum alles darin verdorben? Musste man den Lehrstoff der Luft, dem Wind aussetzen, damit wenigstens die Ratten ihn mochten? Eingepfercht, vollgestopft, unsachgerecht behandelt – das waren die Begriffe, die ihm einfielen. Je länger er über die Bilder nachdachte, desto sinnvoller erschienen sie ihm. Leben im Container. Du kannst nehmen, was du willst, es wird verfaulen. „Die Seele ist wie ein Wind, der über die Felder weht", irgendwo hatte er das gehört. Der Container – könnte das vielleicht auch ein Bild für ein Gehirn sein, das mit unverdaulichem Zeugs angefüllt ist? Was aber ist kein unverdauliches Zeugs?

Ihn fröstelte. War es nicht sein eigenes Problem, das die Bilder ihm vor Augen führten? War er zulange angepasst gewesen, hatte er zu lange Informationen aufgenommen und wieder abgesondert, zu lange „Muff von tausend Jahren" weitergegeben? War er nicht erst jetzt dabei, verfaulte Überflüssigkeiten ans Licht zu holen?

„Nein, ich will keine Ratten füttern oder Futter verteilen, das jeden zur Ratte macht."

Aber wie?

31. Juli 2016

Er war etwas Unbekanntem auf der Spur. Und gerade meinte er, dem näher zu kommen. Schamanismus und sein angestammtes Christentum – gab es Verbindungen? Ging das zusammen?

„Wir in unserer Kultur haben systematisch menschliches Vermögen jenseits des Rationalen brach liegen lassen", dachte er. „Wir haben es nicht gefördert, wir haben es entwichtigt und für nichts angesehen. Und nun kehrt das Verdrängte, lächerlich Gemachte zurück in oft bunten und seltsamen Gewändern. Groß ist die Suche nach dem, was verloren ging, groß die Sehnsucht."

Er verabredete sich mit seinem Freund Gregor, der Psychiater war.

„Kannst du mir das Wesen der Imagination erklären?" fragte er.

„Gar nicht einfach, aber ich will es versuchen."

Er hielt einen langen Vortrag über Verschaltungen im Gehirn, elektrische und chemische Impulse, Neurotransmitter und das limbische System.

„Ich hab mal was mit schamanischen Techniken ausprobiert", begann Markus, es hat funktioniert.

Sie traten auf die Terrasse und hatten einen wunderbaren Blick über den See. Mit einem Mal hatte Markus das Gefühl, als balle sich eine starke Kraft zusammen und bewege sich auf sie zu. Gleichzeitig sprang etwas wie ein Wolf auf sie zu und fletschte die Zähne.

„Kann es sein", fragte der Psychiater, „dass du unter einer psychischen Störung leidest, mit Halluzinationen und so? Warst du mal in Behandlung?"

Markus ballte innerlich die Fäuste.

„Überleg doch, wie lange wir uns kennen. Ist dir jemals derart Krankhaftes an mir aufgefallen?"

„Ist es nicht, aber jetzt ..."

„Also", sagte Markus, „ich hatte Eingebungen oder so etwas. Ich hatte Bilder oder Visionen und bin denen nachgegangen. Hat das irgendeinen Schaden angerichtet?"

„Schon, schon. Das kann aber auch der Beginn einer Psychose sein."

Jetzt platzte Markus der Kragen.

„Ist dir nie in den Sinn gekommen, dass der Mensch über mehr Wahrnehmungskanäle verfügt, als ihm wissenschaftlich zugebilligt werden?"

„Du kannst dir gar nicht vorstellen, was mir in meiner psychiatrischen Praxis schon an Phantasien und Halluzinationen begegnet ist, wie oft ich Heilige, Dämonen und Götter behandelt habe. Wahrscheinlich kann ich darum in diesen schwer fassbaren Bereichen an nichts Gesundes glauben. Ich entschuldige mich also in aller Form bei dir."

„Entschuldigung angenommen", murmelte Markus, zog seine

Strickjacke an und wollte gehen.

„Warte Markus", sagte der Freund „jetzt hast du mich auf eine Spur gesetzt. Sollten wir sie nicht gemeinsam weiter erkunden?"

Nun war es an Markus, verblüfft zu sein. Diese Wendung hätte er nicht erwartet.

Die Freunde verabredeten ein weiteres Gespräch. Bis dahin wollte jeder relevante Informationen, vor allem über Imaginationen, sammeln.

01. Aug. 2016

Markus bemerkte immer mehr, dass es keineswegs gleichgültig war, wo er seine „Reisen" begann. Vielleicht war die geistige Welt überall, aber offensichtlich von einem kleinen Menschen nicht überall zu erreichen. Die Bedeutung von heiligen Plätzen und Sakralbauten ging ihm auf. Nicht das oder der Heilige brauchte sie. Aber den Menschen fiel es in dieser Umgebung leichter, sich auf etwas einzustimmen, das ihren Alltag überstieg. Er erkannte, dass vor allem der Protestantismus falsch lag mit seinem Herunterspielen von allem, was nicht das „lautere, reine Wort" war. Sollte diese Haltung das platte, trockene, spröde moderne „Flachland" mit hervorgerufen haben, gegen das die Seele – was ist die Seele? - immer mehr rebellierte? Nicht zuletzt seine eigene, die sozusagen in seinem Körper hüpfte, als er echte Schamanen erlebte. Was war dieses Lebendige, das er in seiner christlichen Religion nicht gefunden hatte, obwohl von Jugend an leidenschaftlich bemüht, ihr Wesen zu erfassen. Immer wieder war es ihm entglitten, hatte sich aufgelöst in Sätze wie z. B. von Karl Barth: „Der Mensch als solcher ist ein Sünder und ein Feind der Gnade", die ihn ratlos und frierend zurück ließen.

02. Aug. 2016

Gedanken, Ideen und Theorien überfluteten ihn. Einsamkeit kroch hoch, breitete sich aus, katapulierte ihn in unwegsames Gelände. Hilflos versuchte er, sich im Gewohnten festzuhalten. Vergeblich. Im weiten weißen Land erschien ein Wolf, schaute ihn aus grünen Augen aufmerksam an. „Es wird schon werden", sagte etwas in ihm. Der Wolf verschwand. Er räumte den Platz für einen Rabenvogel. Pechschwarz saß er da, schüttelte das Gefieder, öffnete seinen gelben Schnabel und krächzte: „Jakob, Jakob."

Markus musste lachen.

„Was willst du?" fragte er den Vogel. „Mitleben will ich, mitdenken will ich, mit tun will ich."

„Was kannst du?"

„Ich kann zusammenführen. Ich kann lebendig machen. Ich kann dir geben, was du brauchst."

„Was brauche ich denn?"

„Du brauchst ein fleischernes Herz. Du brauchst ein sonniges Gemüt und einen gesunden Geist." „Das alles kannst du mir geben?"

„Du wirst sehen."

Der Rabe erhob sich, stieg in die Lüfte wie ein Adler und herunter rieselten Goldfunken und Edelsteine. Unschlüssig stand Markus da. Dann ließ er es einfach geschehen, das Rieseln, das Funkeln. Etwas in seinem Körper perlte und vibrierte. Und das Leben erschien ihm mit einem Mal voller Gelingen, voller Möglichkeiten. Ja, er begann sogar zu singen, ein Lied, fremd und schön, das aus ihm selber kam:

„Ich werde dabei sein,

was auch geschehen mag,

niemals allein sein

weder bei Nacht noch Tag."

Er verneigte sich tief vor den bilderschaffenden, sprachmächtigen Kräften und fühlte sich gestärkt. Aber wofür?

23

03. Aug. 2016

Einmal, auf dem Rückweg zu seinem Wohnmobil stolperte Markus beinahe über eine schwarze Katze.

„Wenn ich abergläubisch wäre", dachte er, „würde ich jetzt ein Unglück erwarten. Wie aber geht ein Schamane mit der Situation um?" Er erinnerte sich an die Übung, die Umgebung genau zu beobachten und ebenso die inneren Gedanken und Gefühle. Also los!

Schwarze Katze, schwarze Katze. Schwarze Bäume, schwarze Pfützen. Dann ein Riss in den Wolken und Mondlicht, das die Szene sanft erleuchtete. Die Katze hatte sich ins Gebüsch geschlagen; ein leises Rascheln blieb zurück.

„In mir ist Frieden", dachte Markus „trotz der unheimlichen Stimmung hier. Warum bin ich nicht beunruhigt oder ängstlich gestimmt? Er spürte deutlich, dass etwas wie innere Sensoren die Umgebung abtasteten und signalisierten: alles in Ordnung. Früher hatte er nichts von diesen subtilen Vorgängen bemerkt. Nun aber erwachten neue Orientierungsfähigkeiten in ihm.

Markus setzte sich auf einen Baumstumpf und versuchte, das Geschehnis zu entschlüsseln. Beruhigt stellte er fest, dass das Unheimliche ihm nicht dämonisch erschien war, dass er weder „Kräfte von unten her" noch „den Fürsten dieser Welt" am Werke sah. Drohungen, mit denen die fundamentalistischen Christen gerne operierten, in deren Gemeinschaften er groß geworden war.

„Eine schwarze Katze ist eine schwarze Katze, ist eine schwarze Katze." Er musste lächeln und gab seinen Beobachtungen den Titel: Das Schwarze als Weggefährte.

Sein Smartphone lieferte die neuesten Nachrichten. Donald Trump hatte eine muslimische Familie, deren Sohn als amerikanischer Soldat im Syrienkrieg gefallen war, so beleidigt, dass dem Land der „Atem stockte" wie ein Kommentator sagte.

Markus packte der Übermut. Er formulierte die Frage: „Wird Trump US-amerikanischer Präsident?" und begab sich auf eine schamanische Reise.

„Ganz schön frech, der Kleine", sagten seine spirituellen Begleiter. „Du solltest besser fragen, ob dein Fußpilz heilbar ist. Oder aber, was du tun kannst, damit der Typ k e i n Präsident wird."

„Kann ich denn etwas tun?"

„Du solltest dir mit deinen Schülern das Thema Terrorismus vorknöpfen."

„Habt ihr dafür auch einen Tipp?"

Seine Begleiter stießen ihn in eine Schlucht. Markus fiel und fiel und landete auf Leichenbergen mit abgeschlagenen Köpfen.

„Allah ist groß", rief eine Stimme und eine andere: „Gott will, dass allen Menschen geholfen werde und sie zur Erkenntnis der Wahrheit kommen."

Markus schauderte, und ein Wort des Apostel Paulus fiel ihm ein: „Wir kämpfen nicht gegen Fleisch und Blut, sondern gegen Fürstentümer und Gewalten."

„Da siehst du, was für dich ansteht", meinten seine Begleiter, lächelten und verschwanden.

05. Aug. 2016

„Ich könnte sie anrufen", dachte Markus, und er tat es, bevor Bedenken ihn wieder unschlüssig machten.

„Was machen die Spirits?", fragte Sofia gut gelaunt. „Wir sollten uns mal wieder treffen. Schließlich sind wir verheiratet, wenn ich mich nicht irre."

Markus freute es, dass nicht er den Vorschlag gemacht hatte.

„Wie wäre es mit einem Treffen in unserer gemeinsamen Wohnung, oder bevorzugst du die Waldeinsamkeit?"

„Okay. Morgen Nachmittag?"

Sie hatte den Kaffeetisch gedeckt und sogar Kuchen gebacken.

„Was ist los?", fragte er amüsiert. „Hat die Solidarische Landwirtschaft dich auf den Hausfrauentrip gebracht?"

„Ich hätte es nicht geglaubt, aber, wenn du mal wieder in der Erde wühlst, das Wachsen und Reifen der Pflanzen beobachtest, kriegst du einen anderen Bezug zu unserer Nahrung. Du erkennst Zusammenhänge und fühlst dich irgendwie lebendiger."
„Interessante Entwicklung für eine Kauffrau."

Lange hatten sie nicht mehr so entspannt miteinander gesprochen.

„Stell dir vor", begann sie „die solidarische Landwirtschaft beschäftigt schon die internationalen Lebensmittelkonzerne. Die Bewegung ist zwar noch klein aber weltweit aktiv. In Japan soll sich schon jeder dritte Haushalt daran beteiligen. Jetzt versuchen diese Gangster in den Konzernen über ihre Lobbyisten die Initiative in die Illegalität zu treiben.

Begründung: Wettbewerbsnachteile. Da muss man doch was tun. Deswegen werden wir mit Attac und anderen Organisationen eine Demo vorbereiten."

06. Aug. 2016

Es erleichterte Markus, dass der Nachmittag mit Sofia harmonisch verlaufen war. Es erleichterte ihn auch, wieder allein zu sein. Er fuhr den PC hoch und hörte sich eine Rede des mongolischen Schamanen Galsan Tschinag an, der einerseits Führer des Volkes der Tuwiner im Altaigebirge war, andererseits ein anerkannter Schriftsteller, der in Deutschland Germanistik studiert hatte. Er zählte Goethe und Beethoven zu seinen geistigen Helfern und hielt auch Mozart für einen großen Schamanen (6). Markus fand es sympathisch, nicht nur von Eulen, Koyoten und Wölfen zu hören. Aber immer drängender stellte sich ihm die Frage: Was macht denn nun eigentlich einen Schamanen aus? Offensichtlich musste man nicht Ayahuasca trinken, konnte es aber. Musste nicht Trommeln schlagen, konnte es aber. Musste nicht in seltsamen Kostümen an nächtlichen Lagerfeuern tanzen, konnte es aber. Markus stellte für sich eine Reihe von Merkmalen zusammen:

hohe Sensibilität, evtl. Hellsichtigkeit

gute Menschenkenntnis

starke Imaginationskraft

künstlerische Fähigkeiten

pragmatische Vorgehensweisen

Berufungserlebnisse, einerseits durch Geister, andererseits durch die Gemeinschaften

lange und oft brutale Ausbildung.

07. Aug. 2016

Am nächsten Morgen unternahm er, wie nun fast täglich, eine schamanische Reise oder - wie er lieber sagte – eine Phantasiereise.

Er kam in einen Raum, der nur undeutlich zu erkennen war. Hier schlugen Männer in schwarzen Roben auf einen Menschen ein, der nur mit einem Lendenschurz bekleidet war. Er floh auf eine Wiese, die unter seinen Schritten ergrünte und erblühte. „Eine Christusfigur", dachte Markus, während er in einen riesigen Talkessel kletterte, auf dessen Grund Menschen gequält und gefoltert wurden – wie auf einem Gemälde von Hironymus Bosch. „Ich will diese Scheußlichkeiten nicht mehr", schrie er. Eine Stimme antwortete: „es liegt an dir, die Bilder zu verwandeln. Klatsch einfach dreimal in die Hände."

Das tat Markus, und die Szene wurde friedlich. Die Menschen lagen entspannt im Gras. Und dort, wo die Foltergeräte gestanden hatten, versprühte nun ein Springbrunnen sein Wasser.

In einem Nu befand sich Markus wieder in der Alltagsrealität und versuchte, sich einen Reim auf diese Bilder zu machen:

„Die Männer in ihren schwarzen Roben verteidigen ihre Gedankengebäude gegen das Lebendige. Bin ich einer von ihnen, wenn ich meine Schüler mit Fundstücken aus dem riesigen Reservoir unserer Traditionen füttere? Liegt es an mir, aus Foltergeräten einen Brunnen mit lebendigem Wasser zu machen? Schamanen können das anscheinend, obwohl sie aus erzkonservativen Gesellschaften kommen, in denen unsereins es wohl keine drei Wochen aushalten würde."

08. Aug. 2016

Zur selben Zeit traf Sofia beim Besuch einer kranken Freundin mehrere alte Bekannte. Es entspann sich ein Gespräch über die aktuelle Weltlage. Sie war erstaunt, plötzlich von den Bilderbergern, den Rothschilds, der Fed, dem Mord an Kennedy und den Lügen über die Twin Towers zu hören. Als dann jemand erzählte, eine Eingeweihte habe gesehen, wie kriegslüsterne Potentaten zu friedliebenden Persönlichkeiten transformiert worden seien, entschuldigte sich Sofia und ging.

„Mein Himmel", dachte sie, „da sitzen wir in unseren gepflegten Wohnungen, jammern über den desolaten Zustand der Welt und beschwören die Apokalypse. Wahrscheinlich geht es uns einfach zu gut."

Sie fuhr zum Solawi-Acker, um sich abzureagieren. Als sie ankam, dämmerte es. Was war zu tun? Die Tomaten mussten gegossen, Zucchini und Gurken geerntet und ein paar mehrjährige Kräuter umgepflanzt werden. Auch Bohnen konnte sie ernten, Buschbohnen und Stangenbohnen, jede

Menge.

Das einfache Tun besänftigte ihren Groll und ein wenig trotzig dachte sie: „Und wenn morgen die Welt unterginge, würde ich heute noch mein Apfelbäumchen pflanzen."

Es war dunkel geworden. Sofia legte sich für ein Weilchen zwischen Pfefferminze, Zitronenmelisse und Thymian. Alles war gut.

09. Aug. 2016

Irgendetwas war anders, seitdem Markus wiederholt die Übung „Interpretation der Symbolik" nach Jakob Oertli machte.

Er war auf eine ihm unbekannte Art aufmerksam, ein wenig wie ein Jäger. Allerdings einer, der auch nach innen schaute, auf das, was seine Wahrnehmungen in ihm selbst bewirkten. Dabei hatte er zunehmend das Gefühl, er sei ein Klotz, schwerfällig und kaum von Energie durchpulst.

„Schrecklich", dachte er, „aber wenigstens bemerke ich den Zustand. Wie konnte ich nur so lange mit diesem Primitivling leben, der ich auf eine jetzt schmerzlich fühlbare Weise selber bin."

Er lag mit seinem „Primitivling" im Gras und blickte in die Wolken, die sich zu Gebirgen türmten. So erschien ihm nun sein bewusstes Leben: der Kopf angefüllt mit Theoriegebilden, die er gelernt hatte, deren Weiterentwicklung er beobachtete, um auf der Höhe der Zeit zu sein, und die ihm zunehmend unvollständig, einseitig und leblos erschienen. Irgendetwas fehlte. Es fehlten keine Puzzlesteinchen in den Systemen, nein, es war etwas, das diese Konstrukte nicht erfassten. Etwas, das er zum ersten Mal in seinem Leben beim Ritual mit dem Schamanen aus Nepal erlebt hatte.

10. Aug. 2016

Markus traf sich mit einem alten Freund, einem Künstler.

„Hast du dich schon mal mit Schamanismus befasst?" fragte er ihn.

Der Freund lachte und sagte: „Ich bin ein Schamane."

„Wie soll ich das verstehen?"

„Manchmal kann ich mit meinen Händen Angehörige von Kopfschmerzen befreien. Auch mir selbst konnte ich schon bei Knie- und Schulterschmerzen helfen.""„Wie machst du das?"

„Du weißt doch, wie man ein Abflussrohr reinigt. Man bewegt eine Spirale hindurch, die den Schmutz von den Wänden kratzt, so dass der Durchfluss wieder frei ist. Ich stelle mir intensiv vor, dass meine Energiebahnen ähnlich verstopft sind und reinige sie in meiner Vorstellung. Und ich sage dir: die Schmerzen sind weg."

„Wenn es um deine Kunst geht, bekommst du dann Besuch von Geistern, die dir sagen, was du formen, gestalten oder malen sollst?"

„Das kann ich so nicht sagen."

Der Freund bewegt seinen rechten Zeigefinger.

„Der hier führt mich manchmal an Orte und in Situationen, die Überraschungen bergen und mich weiterbringen. Wenn ich mich darauf einlasse, geschieht und entsteht oft etwas."

„Künstler können von ihrer Kunst nur selten leben. Haben sich dir schon einmal die richtigen Lottozahlen gezeigt?"

„Dass so etwas funktioniert, habe ich noch nie gehört. Das wäre ja was – alle Schamanen würden Millionäre! Nein, Schamanen sollen Menschen neu in Balance bringen und dadurch heilen."

Warum wusste er nicht, aber in Markus Kopf entstand Chaos. Sollte er nicht einfach bei dem bleiben, was er gelernt hatte? Was zwang ihn denn, seine ganze Geschichte, sein ganzes Gewordensein noch einmal neu und anders zu interpretieren.Letztendlich war es der Zorn. Der Zorn darüber, dass ihm in seiner Tradition, trotz ungeheurer Gelehrsamkeit, etwas ganz Wesentliches vorenthalten wurde.

14. Aug. 2016

Sofia sortierte Gemüse – Überschüsse aus der solidarischen Landwirtschaft, die sie gegen Spende an Bekannte und Freunde verteilte. Die Qualität dieser Gemüse war hervorragend. „Besser als im Bio-Markt", meinten die Abnehmer. Obwohl die Gurken und Tomaten wegen ihres ungleichmäßigen Aussehens dort nicht ins Verkaufsregal gelangt wären.

Sofia war dabei, ihr Weltbild zu erweitern. Denn die Solawi arbeitete biologisch-dynamisch nach den Richtlinien, die Rudolf Steiner vor fast einhundert Jahren entwickelt hatte. Waren die Präparate, die er empfohlen hatte, für den Wohlgeschmack verantwortlich, war es der Verzicht auf Mineraldünger und Pestizide oder war es die Mischkultur?

„Wahrscheinlich wirkt alles zusammen", überlegte Sofia und beschloss, zu erkunden, was es mit diesen besonderen Präparaten auf sich hatte.

Sie vertiefte sich in Steiners „Landwirtschaftlichen Kurs" und fand ihn befremdlich – um es milde auszudrücken. Wie kam dieser Mann auf die Idee, Heilkräuter in das Gekröse eines Rindermagens zu stopfen und das Ganze über Winter in der Erde zu vergraben? Woher wollte er wissen, auf diese Weise im Frühjahr eine Medizin für den Boden zu erhalten? Seltsam. Sie holte sich Rat bei Anna, die als Lehrerin an einer Waldorfschule arbeitete.

„Weißt du, der Rudolf Steiner war hellsichtig, eine Begabung, die sich schon in seiner Kindheit zeigte. Er hatte Zugang zur 'geistigen Welt', hat da viel gesehen und Informationen erhalten. Wenn du willst, nenn' ihn einen modernen Schamanen."

15. Aug. 2016

Das neue Schuljahr rückte näher und Markus kramte in seinen Unterlagen. In der Materialsammlung für das Fach Religion fiel ihm ein Artikel aus dem Jahr 1997 in die Hände: „Zur Deutung des Todes Jesu."

Damals, vor fast 20 Jahren, war es für ihn ein Lichtblick gewesen, endlich etwas gegen den „Opfertod" zu lesen. Zum Glück hatten sich den Folgejahren solche Stimmen vermehrt zu Wort gemeldet. Bis dann allerdings im Jahr 2015 die EKD ein Grundlagenpapier veröffentlichte: „Für uns gestorben" (7). Beim Lesen hatte Markus seinen Augen nicht getraut. Rolle rückwärts ins Mittelalter? Da stand doch tatsächlich: „Isoliert als Akt der Tötung betrachtet, ist die Kreuzigung sicher kein Schöpfungsakt. Aber durch Gott ist dieser Tod ein wirksamer Tod für alle Menschen, und zwar in dem Sinne, dass der endgültige Tod selbst zu Tode kommt und so seine definitive Macht über die Menschen verliert." Im Gespräch mit kirchlichen Insidern hatte es ihn beruhigt, dass keiner das Papier gelesen hatte. Eine Äußerung klang ihm noch im Ohr: „Wir haben die Flüchtlingswelle, die Rechtsradikalen, die Personalengpässe – wer da Zeit hat, sich mit solchen Elaboraten zu befassen, der hat den Schuss nicht gehört."

Dennoch. In Markus rumorte es: Seine evangelikale Vergangenheit. War an dieser traditionellen Deutung vielleicht doch etwas dran? Mehr als er wahrhaben wollte? Er las wie früher schon psychologische und religionsgeschichtliche Deutungen. Die beruhigten ihn einigermaßen. Opferungen zur Versöhnung der Gottheiten waren bei den alten Völkern an der Tagesordnung. Diese Traditionen waren für den vorderasiatischen Raum gut belegt, Jungfrauengeburten und

Himmelfahrten desgleichen (8).

Er hielt es für Zeitverschwendung, dass jahrelang an Texten gearbeitet und dabei Gedankengut aufgefrischt wurde, das seiner Meinung nach längst in die Archive der Völkerkunde und Religionswissenschaften gehörte.

Aber er verstand nun besser, warum ihn der Schamanismus faszinierte. Da ging es um Erfahrung, da wurden Fähigkeiten angesprochen, die im Zusammenhang von theologischem Nachdenken nicht einmal erwähnt wurden. Für die Theologie war im Grunde alles Wesentliche vor zweitausend Jahren geschehen. Alles andere war Beiwerk, Unerhebliches.

Und dann dieser Schamane aus Nepal, der ihm eine Dimension eröffnete, die er in seinem angestammten Christentum nie kennengelernt hatte. Möglicherweise war das aber auch ein Trugbild, das sich bei näherer kritischer Betrachtung in Nichts auflöste. Schließlich lebten Schamanen in einer für ihn völlig fremden Kultur. Vielleicht würde er einen Brechreiz bekommen, wenn sie ihre volkseigenen Mythen herunterbeten würden.

„Egal", sagte er sich, „meine Erfahrung ist meine Erfahrung". Für einen Augenblick hat sich ein Vorhang geöffnet und dahinter zeigte sich unaussprechliche Klarheit und Schönheit."

Dem wollte er näher kommen. Das wollte er ergründen. Das schien ihm die Medizin zu sein gegen die müden Formeln, die ihn zwischen Resignation und Depression schwanken ließen.

Markus brauchte einen Gegenpol zu dem theologischen Gruselkabinett, in das es ihn verschlagen hatte. Denn wie in früheren Jahren, wenn er sich mit dem Opfertod des Gottessohnes herumquälte, begann sein Magen zu streiken.

Also begab er sich auf eine innere Reise.

„Kann ja nicht schaden", dachte er, „ wenn ich Glück habe, bekomme ich einen Tipp."

Schnell fand er sich in einer bergigen Landschaft wieder, wo ein Mann mit aller Kraft einen schwer beladenen Wagen nach oben zog. Auf der Höhe angekommen, kippte er die Steine aus, setzte sich selbst hinein und fuhr mit großem Tempo bergab. Es dauerte nicht lange, da überschlug sich das Gefährt, der Mann flog in hohem Bogen durch die Luft und wurde nach diesem Sturzflug von einem Bären aufgefangen. Der wiegte ihn hin und her, hin und her. Markus fühlte sich wie in „Abrahams Schoß". Der Bär gab ihm etwas zu kauen. „Süßgras" hörte er sagen. Damit war die Reise beendet.

„Süßgras, Süßgras, Internet weiß alles", murmelte Markus vor sich hin und ließ den Computer hochfahren.

Süßgras, Magenschleimhautentzündung gab er ein. Es erschien: die gemeine Quecke, lat. Triticum repens, Familie der Süssgräser, die Wurzel heilkräftig, lat. Rhizoma Graminis.

Wow! Sofort wollte er in der nächsten Apotheke nach diesen Wurzeln fragen. Die er im Übrigen von seinen Gartenaktivitäten her als eins der hartnäckigsten Unkräuter aus dem Füllhorn von Mutter Natur kannte. Für hundert Gramm Tee musste er 8,20 Euro zahlen.

16. Aug. 2016

Markus wollte sich nicht drücken. So besuchte er eine alte Freundin, die seit Jahren „in Therapie" war. Dabei hatte sie – wie Markus es nannte – eine „therapeutische Identität" entwickelt. „Ich werde therapiert, also bin ich."

Nach zwei Stunden in ihrer Wohnung fühlte sich Markus auch reif für den Therapeuten, eher sogar für die „Klapse". Er verabschiedete sich unter einem Vorwand und sang auf dem Heimweg: „Freiheit, die ich meine, die mein Herz erfüllt ..."

Dann begann er zu überlegen: Was hatte ihn so „runtergezogen"? Die Freundin hatte ihm erzählt, dass es ihr immer besser gelang, im „Hier und Jetzt" zu leben und ihr Herz der Liebe zu öffnen. Die Schicksalsschläge ihres Lebens erklärte sie als Chancen zu wachsen und ihr Bewusstsein zu erweitern.

Als Markus einmal TTIP erwähnte, legte die Freundin die Hände auf ihr Herz, atmete tief durch und schloss die Augen.

„Ich muss aufpassen, dass ich geerdet bleibe. Ich darf meinen Rhythmus nicht verändern. Wäre ich jetzt allein, würde ich meinen Energieplatz aufsuchen – diesen Sessel hier. Da sitze ich zwei Stunden, die eine Hand aufs Herz, die andere auf meinen Bauch gelegt und denke an gar nichts. Das tut mir gut. Das bringt mich wieder in die Balance. Das lädt mich mit neuer Energie auf."

Es war wohl diese therapie-induzierte Nabelschau, die ihn fassungslos fragen ließ: „Was machen manche Therapeuten nur mit ihrer Klientel? Es kann doch nicht Sinn der Sache sein, dass diese pausenlos damit beschäftigt sind, Empfindungen zu orten, zu benennen, zu erklären, sie als Zeichen für ihren Weg zu sehen, für den sie die Verantwortung zu übernehmen haben. Und das alles in einem larmoyanten Ton, selbstverliebt bis zum Abwinken, Narzissmus pur. Moment mal", dachte er weiter, „was ist mit meiner eigenen Nabelschau? Hat die Freundin mir etwas gespiegelt, das mich selber betrifft?"

Um nicht in fruchtlose Grübeleien zu versinken, nutzte er seinen Aggressions-Depressionsschub und meldete sich zu einem Schamanismus-Workshop an.

 Jetzt wollte er es wissen.

17. Aug. 2016

Markus machte Phantasiereisen zum neuen Hobby. Im Nu konnte er eine innere Landschaft mit ihren Gestalten erreichen.

Heute zum Beispiel wurde er ausgezogen, in einen Teich gestoßen, dann in ein riesiges Badetuch gehüllt und in einen dunklen Gang geschoben. Der öffnete sich zu einem blauschimmernden Saal mit einem Boden aus spiegelndem Eis. Dort konnte er tanzen und Schlittschuhlaufen nach Herzenslust. Solange, bis eine dunkle Begleiterin ihn vor den Thron des Königspaares führte. Er erkannte seine eigenen Eltern. „Die Wunden heilen. Das Alte ist gelöscht", sagte die Begleiterin. Ein Blitz fuhr in den Thron, und die Eltern standen wie er selbst in einer unübersehbaren Menschenmenge. „Ihr seid alle meine Kinder", hörte er sagen. Und augenblicklich saß er wieder in seinem Wohnzimmer.

Diesmal hatte er keine Mühe, sich „einen Reim" auf den inneren Film zu machen. Die Eltern-Imagines seiner Kindheit wurden vom Thron gestoßen und sozusagen gemeinsam mit allen anderen Menschen einer höheren Instanz unterstellt. Aber wieso erschien diese Bildersequenz gerade an diesem Tag? Es war der Todestag seines Vaters.

19. Aug. 2016

Die Ferien näherten sich ihrem Ende und Markus hatte so gut wie nichts an Unterrichtseinheiten vorbereitet, weder für Philosophie noch für Religion.

Er fühlte sich zunehmend elend, die Magenbeschwerden meldeten sich zurück und die Welt erschien ihm grau und öde. Hatte er sich mit seinem neuen Hobby „innere Reisen" überreizt, so dass der Organismus auf Störung schaltete?

Trotzdem versuchte er es wieder. Es erschien ihm ein gral-ähnliches Gefäß, aus dem er eine Art himmlischen Energy-Drink trinken konnte. Ohne Worte meinte er, eine Aufforderung zu hören: „Tu was. Häng' hier nicht 'rum."

Nun suchte er nach Themen, die seinen neuen Interessen entsprachen, dem Lehrplan aber nicht zuwider liefen: Die Gralslegende des Wolfram von Eschenbach? Geschichte der religiösen Ideen von Mircea Eliade? (8) Schließlich entschied er sich für Rudolf Bultmann und die Entmythologisierung. Als Einstieg würde er dessen berühmte Rede von 1941 wählen, um dann das Thema in verschiedene Richtungen zu entfalten – bis hin zur neuen Esoterikwelle. Insgeheim hoffte er, so seine neuen Erfahrungen besser durcharbeiten und integrieren zu können.

21. Aug. 2016

„Neues Testament und Mythologie" – er begann den Text zu lesen: „Man kann nicht elektrisches Licht und Radioapparat benutzen, in Krankheitsfällen moderne medizinische und klinische Mittel in Anspruch nehmen und gleichzeitig an die Geister- und Wunderwelt des Neuen Testamentes glauben" (9). So befreiend er Rudolf Bultmanns Rede, gehalten vor 75 Jahren, auch immer gefunden hatte, er blieb stecken. Diese Theologie befreite das Denken aber nicht das Herz, nährte die Seele nicht.

Er versuchte es weiter mit Ken Wilber: „Naturwissenschaft und Religion" (10). Hier ging es schon um Erfahrung, aber der Abstraktionsgrad war ihm einfach zu hoch.

Hans Peter Dürr, wie wäre es mit Hans Peter Dürr, dem renommierter Quanten-Physiker, der nach 50 Jahren Forschung zu der Erkenntnis gekommen war, dass der Geist die Materie bestimmt? Okay, das könnte gehen. Während er weiter nach relevanten Texten suchte, fiel ihm ein kleines Buch über „Evangelische Spiritualität" in die Hände. Da las er zum Beispiel: „Christliche Spiritualität hat es mit dem Gott zu tun, der die ganze Schwere der ethischen Anforderung an seinem 'eingeborenen Sohne' sichtbar werden lässt. Er hat ihn in Leiden und Tod dahingegeben" (11).

Oh no! Wie immer in den letzten Jahren erfasste ihn ein Gefühl tiefer Verzweiflung. Theologen wussten anscheinend alles über Gott und machten ihn damit zum „Gottchen". So dachte Markus und suchte Trost bei Hans Peter Dürr.

Da las er: „Wenn ich über Gott nichts aussage, dann bin ich gewissermaßen in dieser Transzendenz. … Das Immanente ist eigentlich nur die Erinnerung, dass es vorher etwas gegeben hat. In dem Moment, wo ich beginne, das Transzendente in der Immanenz zu erklären, zerstöre ich es" (12).

Erleichterung.

22. Aug. 2016

Potentialität statt Materie, Offenheit statt Dogmatik, Kreativität statt Nachbeten. Endlich hatte Markus den Mut, wenigstens für sich selbst in Worte zu fassen, was er schon so lange dachte. Warum sollte man sich im guten, alten Christentum mit der „Schrift" zufrieden geben? Wieso sollte man nicht die Basis erweitern und die gesamte „Schöpfung" mit all ihren natürlichen und kulturellen Ausprägungen gleichermaßen schätzen und einbeziehen? Es konnte doch nicht länger hingenommen werden, dass der vor allem von Protestanten geliebte Apostel Paulus im 21. Jhdt. nicht in seine Schranken verwiesen wurde.

Markus atmete tief durch. „Meine Hilfe und mein Trost kommt aus der neuen Physik", dachte er „und nicht aus alten Bekenntnissen, die lange Zeit vor Kopernikus formuliert wurden. Was würden die Religionsstifter heute wohl sagen, welche Gleichnisse würden sie wählen, diese wachen und klugen Beobachter und Gestalter ihrer Umwelt und ihrer Gesellschaft?"

26. Aug. 2016

Markus versuchte es weiter mit „inneren Reisen". Sie waren schrecklich. Einmal versank er im Boden und rutschte durch ein langes Rohr immer tiefer und tiefer – endlos. Er bekam Platzangst, konnte die Fahrt in die Tiefe aber nicht stoppen. Schließlich winkte eine offene Landschaft. Aber auch die war schrecklich. Müllberge, zerstörte Häuser, Kirchenruinen, rauchende Trümmer. „Das sind meine vernichteten Überzeugungen", dachte er, als inmitten des Infernos eine hell-leuchtende Gestalt erschien. „Meister, womit kann ich leben?" fragte er. „Es geht weiter" hörte er sagen „sei offen, sei wachsam." Und im Nu trugen ihn seine Hilfsgeister zurück in den Alltag. Es war der Tag, an dem er sich mit seinem Freund, dem Psychiater, treffen wollte.

„Ich habe eine interessante Spur gefunden", begann Gregor das Gespräch. „Offensichtlich wirken deine Schamanen zum großen Teil durch die Kraft der inneren Bilder. Diese Methode hat längst Eingang in die Psychotherapie gefunden. Vieles geht auf C. G. Jung zurück und seine Aktive Imagination. Daraus hat zum Beispiel Hanscarl Leuner die Katatym Imaginative Psychotherapie entwickelt. Auch in der Oberstufe des autogenen Trainings nach J. H. Schultz wird mit Bildern gearbeitet, und neuerdings weisen Neurobiologen auf ihre Bedeutung hin (13). Deine Schamanen sind also in guter Gesellschaft. Aber ich warne dich. Verlass dich ja nicht zu sehr auf deine 'inneren Bilder'. Denk an die vielen Pendler, Wahrsager, Zauberkünstler, die in kontrollierten Experimenten kläglich versagt haben. Man soll die Götter nicht versuchen."

Nichts lag Markus ferner. Andererseits ließen ihm seine Erlebnisse keine Ruhe.

„Nehme ich mal an, Hans Peter Dürr hat recht: Die Wirklichkeit ist eine untrennbare Einheit, und unsere Alltagswirklichkeit entsteht aus billionenfachen Überlagerungen von Prozessen, Beziehungen und Informationen, die nicht Materie im Sinne von etwas Festem sind. Dann kommt man dem vielleicht mit Bildern oder Imaginationen näher als mit Zählen, Messen, Wiegen. Wenn er weiter meint, wir Menschen könnten uns an diese Einheit durch Meditation und Kontemplation erinnern, weil die milliardenalte Geschichte unseres Planeten in uns gespeichert sei, dann ist das vielleicht eine Möglichkeit, der Essenz von Religion näher zu kommen. Wahrscheinlich haben die Schamanen, die Weisen, die Heiligen, die Mystiker jenseits aller kulturbedingten Besonderheiten und ohne moderne Physik diese Einheit immer schon erlebt und erfahren. Weil wir mehr erleben als wir begreifen" (14).

27. Aug. 2016

Die Ferien gingen zu Ende. Die Schule verlangte ihr Recht. Und Markus stellte erstaunt fest, dass er sich doch tatsächlich in seine vertrauten Gefilde zurücksehnte: Lutherjubiläum im Jahr 2017, Krieg und Frieden im Islam, weltweites Wachstum der charismatischen Kirchen und was der aktuellen Themen für seine Unterrichtsfächer mehr waren.

Nur waren ihm die „vertrauten Gefilde" zunehmend spröde, um nicht zu sagen belanglos erschienen. Sonst wäre der „Schuster ja bei seinem Leisten" geblieben. Bei den Mitgliedern der Solidarischen Landwirtschaft hatte er Max kennengelernt. Er arbeitete bei der Polizei und interessierte sich für Markus „innere Reisen". Sie trafen sich in einer alten

Burgschänke, in deren Nischen und Mauervorsprüngen man die Geister förmlich sehen konnte.

Max wollte wissen, ob Markus schon immer eine intuitive Ader gehabt habe.

„Wenn ich zurückblicke", meinte er, „war es wohl so. Ich habe dem aber nie eine Bedeutung beigemessen, zumal in meinem evangelikalen Elternhaus sehr schnell 'widergöttliche' Kräfte identifiziert wurden. Märchen und Träume gehörten dazu, Gespenster, Filme wie 'Harry Potter', natürlich Krimis, aber auch alternative Heilmethoden. Kurz alles, was nicht das 'lautere, reine Wort' in der Interpretation pietistischer Prediger war."

„Ich wurde in dieser Hinsicht völlig in Ruhe gelassen", meinte Max. „Ich konnte Gespenstergeschichten oder Twilight lesen, pendeln, nachts auf den Friedhof gehen. Das alles interessierte meine alten Herrschaften nicht. Hauptsache, meine Zensuren waren in Ordnung. Du siehst, ich habe ein gewisses Faible für das Unerklärliche und damit natürlich für deine intuitiven Fähigkeiten. Ich habe nach meiner Polizei-Ausbildung noch Soziologie studiert. Psychologie hat mich auch interessiert, und deswegen sitze ich jetzt vor dir wie ein „Insektenforscher".

„Und ich bin die Küchenschabe, von der Gerald Hüther spricht,die zerteilt, aufgehängt und begutachtet wird. Besonders lustig finde ich das nicht" (15).

„Versteh mich richtig. Wir sind doch auf demselben Trip."

Eine Weile kauten sie wortlos an ihrem Raubritterspieß. Dann sagte Max plötzlich: „Lass uns deine Beobachtungs- und

Interpretationsübung machen."

Sie einigten sich auf fünf Minuten. Nicht essen, nicht trinken, nicht reden. Nur wahrnehmen, was geschieht – in mir und um mich herum.

Ein kehliger Bluessänger wurde bald übertönt vom Geräusch eines Mixers. Ringsherum Gemurmel. Die Stimme der Bedienung hinter der Theke. Ein kleines Mädchen unterhielt seine Eltern. Gäste kamen und gingen. „Och Mensch, so geht das nicht", sagte der Vater energisch.

Das einzige, was Markus in sich wahrnahm, war Langeweile, nichts als Langeweile.

Eine alte Dame suchte verzweifelt ihr Portemonaie. Die Bedienung schaute ebenfalls gelangweilt. Jetzt hatte die Dame einen Schal in der Tasche gefunden. Sie packte aus, packte wieder ein, fand ein Buch, blätterte in den Seiten, angestrengt, verzweifelt.Nun kramte sie in den Jackentaschen, ergebnislos. Fand in ihrer Umhängetasche ein Paket Taschentücher, sprach mit der Bedienung. Tatsächlich, jetzt hatte sie Geld gefunden.

Inzwischen waren nicht fünf, sondern fünfzehn Minuten vergangen. Die alte Frau, modisch gekleidet, enge Hose wie die jungen Mädchen sie tragen,vorsichtige Schritte, langsam, leerer Augenausdruck. Sie griff eine Illustrierte, blätterte darin mit äußerst angestrengtem Gesichtsausdruck. Erkannte sie etwas in dem Heft? War es ein leeres Ritual?

„Bin ich vor einem solchen Schicksal gefeit?" fragte sich Markus. „Nein, das bin ich nicht, niemand ist es. Und er verstand das „carpe diem", schöpfe den Tag aus, tiefer, denn je.

Markus und Max schauten sich an, tauschten ihre Erfahrungen

aus: Was ist Leben? Wann bin ich lebendig? Muss ein solches Verdämmern sein?

„Herzinfarkt oder Autounfall wäre entschieden besser", meinte Max und zündete sich eine Zigarette an. „Soll ich gesund leben, um so zu enden?"

„Shit happens", Markus lachte.

01. Sept. 2016

Shit happens! Markus erwischte es. Sein Rücken! Kaum ein
Schritt vorwärts war möglich. Teuflische Schmerzen, die in der
Nacht unerträglich wurden. Auf einen Stockschirm gestützt,
schlich er ins Bad. Carpe diem?

„Lasst mich bloß in Ruhe mit Bonmots, mit Gedankenspielen,
mit irgendwelchen Informationen. Es sei denn, sie liefern ein
Mittel gegen Gleitwirbel."

Das lieferte am nächsten Tag ein Physiotherapeut mit seinen
wunderbar sensiblen Händen.

„Sie verstehen doch etwas von geistigem Heilen. Kürzlich
haben sie das mal erwähnt."

„Ja", antwortete der Therapeut, „ich habe eine Ausbildung und
einige Anfangserfolge."

„Sehen sie. Ich befasse mich im Augenblick mit Schamanismus
und denke, da gibt es Ähnlichkeiten."

„Ohne Frage. In beiden Fällen braucht es Intuition, Imagination
und ein hohes Maß an Sensibilität. Jeder Mensch hat diese
Fähigkeiten, obwohl es unterschiedliche Begabungen gibt.
Aber jeder kann seine Talente entwickeln, trainieren,
verfeinern. Ein Faktor ist übrigens Ernährung. Als ich mal
einige Jahre nur von Rohkost gelebt habe, konnte ich zum
Beispiel Muskelverspannungen fühlen, ohne den Patienten zu
berühren. Das kann ich zur Zeit nicht, weil ich wieder bei der
Zivilisationskost gelandet bin und auch gerne rauche, wenn
auch in Maßen."

„Können Sie die Aura sehen?"

„Ich konnte es früher einmal, habe diese Fähigkeit aber nicht trainiert, obwohl es Techniken dafür gibt."

„Könnten Sie mit mir mal einen Versuch machen?"

„Warum nicht. Haben sie ein Problem, eine Frage, auf die sie Antworten suchen?"

„Zwei Fragen habe ich: Wie kann ich meinen kaputten Rücken heilen? Und, da ich nicht mehr der Jüngste bin, frage ich mich, was ich auf dieser Erde noch zu erledigen habe. Also, mein Ding, das niemand außer mir erledigen kann."

„Okay."

Markus legte sich bequem auf die Liege und schloss die Augen. Der Heiler hielt seine Schultern leicht gedrückt. Ein kurzer Augenblick nur, und Markus war versetzt in die Welt seiner Kindheit. Schönes und Schreckliches tauchte auf, vorwärts und rückwärts in der Zeit und so realistisch, als spiele das Geschehen gerade jetzt. Irgendwann hörte er sich sagen: „Es gibt Heilung, es gibt Heilung. Ich schreibe alles auf."

Der Heiler hatte nur unklare Anmutungen im Hinblick auf Markus Frage: Was ist mein Ding?

„Mir schien, da stockte etwas. Als wollte etwas heraus, wurde aber zurückgehalten."

„Oh ja", Markus wurde ganz lebhaft, „das ist mein Problem: Stocken, Zurückhalten. Ich stehe nicht zu mir. Finde alles, was ich tue, was ich weiß, unerheblich und belanglos. Ich habe viel gelernt, aber ich habe keinen Biss."

„Die Botschaft ist also klar. Da ist aber noch etwas anderes.Ich sah ganz deutlich eine gesunde Wirbelsäule. Verbunden damit war die Aufforderung, sich eine Abbildung zu beschaffen – Anatomie-Atlas oder Internet – und sich täglich diese gesunde Wirbelsäule anzusehen, in allen Einzelheiten. Wer weiß, vielleicht reagiert etwas in ihnen darauf."

Dann entfaltete er seine Theorie über Röntgenaufnahmen: „Was geht in einem Menschen vor, dem der Arzt auf einem Bild alle krankhaften Veränderungen zeigt? Die Wirkung kann nur sein, dass der Patient sich fehlerhaft, deformiert und reparaturbedürftig fühlt. Andersherum aber können eventuell Kräfte mobilisiert werden, die helfen, den Ist-Zustand dem Ideal-Zustand anzunähern."

Carpe diem. Das alles hatte Markus nicht erwartet. Das Erste, was er Zuhause tat, war, sich endlich verbindlich für den Schamanismus-Workshop anzumelden.

02. Sept. 2016

Dann aber holte ihn endgültig der Alltag ein: die Schüler, die Kollegen, die Arbeitstreffen.

„Die perfiden Taktiken des Neoliberalismus", erklärte ein Kollege, „zu denen es gehört, den naiven, gutwilligen Zeitgenossen immer neue Katastrophen zu liefern, damit sie sich engagieren, demonstrieren, echauffieren bis zur totalen Erschöpfung, ohne auch nur im Geringsten die wirklichen Zentren der Macht ins Visier zu kriegen." US-Amerika, dieser Hort der Demokratie, sei längst eine Plutokratie, die große Teile ihrer Bevölkerung auf dem Niveau eines Entwicklungslandes vegetieren lasse. Die internationalen Konzerne hätten sich die Methoden der Linken zu eigen gemacht und beherrschten das Spiel besser als diese selbst usw. usw. „Wir brauchen nach Sozialismus und Kommunismus eine neue Meta-Erzählung", war das Fazit, „und die kann sich nur an der Aufklärung orientieren."

„Alles wichtig", dachte Markus, aber es ließ ihn seltsam kalt. Gerne hätte er einen Meisterschamanen zu dieser Sicht der Dinge befragt, einen, der seinen Häuptling in allen wichtigen Fragen beriet. Und etwas völlig anderes fiel ihm ein: Das Magnificat der Maria aus dem Neuen Testament: „Er wird die Mächtigen vom Thron stoßen und die Niedrigen erhöhen." Anscheinend war das Problem nicht neu. Und sein Problem, gegenwartsnahe Unterrichtseinheiten zu kreieren, schien erst einmal gelöst.

Er schwang sich auf's Fahrrad und radelte zum Acker der Solidarischen Landwirtschaft, um Sofia zu treffen. Sofort wurde er als willkommene Hilfskraft betrachtet. Natürlich stand es ihm frei, sich zu entziehen. So wollte es das Gruppenideal. Aber mach das mal, wenn alle am Arbeiten sind und du selber kein Gipsbein hast. Also ließ er sich zum Kompost-Sieben anstellen und fuhr ihn dann, Schubkarre um Schubkarre auf's Land. Es dauerte nicht lange, da versetzte die monotone Arbeit ihn in eine Art meditativen Zustand: schüppen, schütteln, fahren, kippen, verteilen. Nichts weiter. So war es gut. Die Erde duftete, die Bienen summten im Phaceliafeld. Hier pflückte jemand Bohnen, dort einer Tomaten. Kein Traktorengeräusch, kein Rasenmäher, Gemächlichkeit.

Später jätete Markus das Kräuterbeet. Sofia zeigte ihm die Quecken mit ihren oft meterlangen Wurzeln und er erzählte von dem teuren Tee, der zuverlässig bei Magenproblemen half.

Sofia staunte über diese Kenntnisse. Sie konnte sich nicht erinnern, dass Markus solche Dinge jemals interessiert hätten.

„Du überraschst mich", meinte sie.

„So lange wir leben, leben wir", antwortete Markus lakonisch.

Auf dem Heimweg machten sie Rast an dem Ufer des kleinen Sees, in dem sie in ihrer Jugend gebadet hatten.

„Mir ist, als könnten wir noch einmal beginnen", sagte Sofia. Sie sagte es leise, so, als könne ein lauter Ton ein unendlich Zartes und Feines zerstören.

Markus berührte vorsichtig ihre Hand, und ihm war, als ströme da etwas unnennbar Wirkliches. Das Leben war schön.

06. Sept. 2016

Der Alltag besetzte das ganze Feld, saugte die Energien auf, verführte zum Trotten. War da mal was mit Schamanismus gewesen? Markus entfernte sich mehr und mehr von diesen ganz besonderen Empfindungen, von dieser prickelnden Neugier auf unbekannte Abenteuer. Selbst seine spektakulären Erlebnisse verdampften in einem „Es war einmal".

Erhofft hatte er sich nicht weniger als einen Bewusstseinssprung, eine Transformation, eine Überraschung, die ihm unbekannte Gefilde seiner selbst offenbarte. Aber alles blieb, wie es war.

Er vergaß seine Imaginationsübungen für die Wirbelsäule, fand keine Zeit für „innere Reisen". Abends hockte er wieder vor der Mattscheibe und „zog" sich Krimis rein, die es glücklicherweise fast zu jeder Zeit und auf jedem Sender gab.

Mochte der schamanische Weg aus dieser Tretmühle herausführen, ihm war er zu anstrengend. Eine vage Hoffnung setzte er auf den Workshop, bereitete sich innerlich aber auf eine herbe Enttäuschung vor. Wahrscheinlich würden halbgare Hobby-Schamanen mit dubiosen Zertifikaten scheinwissenschaftliche Wahrheiten verkaufen. Hätte er den Kurs nicht schon bezahlt, er hätte einen Rückzieher gemacht.

07. Sept. 2016

Aus einer Mischung von Lustlosigkeit und Langeweile wollte er sich in eine Kirche setzen. Warum wusste er nicht – vielleicht, um seine „ecclesiogenen Neurosen" mal wieder richtig zu spüren. Während er in einem Restaurant noch über „soll ich oder soll ich nicht" nachdachte, geschah plötzlich etwas. Ihm war, als vibrierten die Räume, der Vorplatz, die gegenüberliegende Kirche in einem untergründigen Rhythmus, als verschmelze Vergangenheit und Gegenwart zu einer vielstimmigen, gewaltigen Sinfonie, in der alles Lebendige und Tote, alles Entstehende und Vergehende seinen Ausdruck fand in stetig sich erweiternden Räumen bis in die Unendlichkeit des Universums.

Das tröstete.

Natürlich war die evangelische Kirche verschlossen. Für die Kraft geheiligter Räume hatten die Katholiken einfach mehr Sinn. So suchte er sich in der hellen, spätgotischen Kirche ein ungestörtes Plätzchen und tauchte in die Stille ein. Eine zeitlose Stille, ein Jenseits aller Gedanken, aller Pläne, aller Probleme. Einfach gut. Als mit den ersten Orgelklängen die Abendmesse begann, verließ er die Kirche. Ein spürbarer Energieschub beflügelte ihn so, dass er sich stark genug für den Vortrag fühlte, den er sich eigentlich ersparen wollte: „Das Netzwerk des Todes. Deutschland der Welt drittgrößter Waffenexporteur." Er traf einige seiner Schüler, die ihn baten, den Film „Meister des Todes" im Unterricht zu zeigen.

Auf dem Heimweg überfielen ihn Skrupel. War es nicht viel wichtiger, Aufklärungsarbeit zu leisten und gegen die teils gesetzeswidrigen Machenschaften der Waffenfirmen zu demonstrieren, etwa an den Werkstoren von Heckler und Koch, als sich mit Schamanismus, veränderten Bewusstseinszuständen und inneren Reisen zu befassen?

Er versetzte sich in die Gefühle eines syrischen Flüchtlings, dessen Heimatstadt zerstört, dessen Familie erschossen worden war. Und er durchlebte die Trauer tiefer Heimatlosigkeit. Allerdings kannte auch er dieses Gefühl der Heimatlosigkeit nur zu gut, obwohl er ohne Bomben, Drohnen und Gewehre in einem (noch) friedlichen Land lebte.

„Ist äußere Heimatlosigkeit schlimmer als innere"? fragte er sich. „Ist es schlimmer, sein Haus zu verlieren als sein inneres Behaustsein? Hilft vielleicht in beiden Fällen dasselbe: In sich selbst einen Halt, eine Heimat zu finden?"

Nichts erschien ihm dazu hilfreicher, als die inneren Bilder ernst zu nehmen, die aus der Tiefe der Seele aufstiegen. Also würde er weiter nach dem Schamanismus wie nach einem Strohhalm greifen. Stand ihm damit eine neue Enttäuschung bevor? Er würde es merken.

58

09. Sept. 2016

Sein Wissen, sein Verhalten, seine Empfindungen, seine Gefühle, die Beschäftigung damit hatte Auswirkungen, die unvermutet, ungerufen mit einem Mal da waren. Er erlebte sich in einer Tiefe, die unter aller Realität, unter aller Wirklichkeit lag, mit allem verbunden. Er gehörte dazu. Das dachte er nicht, das stellte er sich nicht vor. Das war ein Erleben jenseits aller Widersprüche, jenseits von allem Wenn und Aber.

„Ich gehöre dazu, ich bin nicht getrennt." Etwas in ihm freute sich, jubelte und tanzte.

Allerdings dauerte es nicht lange und schon war er wieder beim Analysieren. War's nicht doch einfach ein frommer Wunsch, genährt durch das, was er bei Hans Peter Dürr über die Einheit der Wirklichkeit gelesen hatte, was er über ZEN gelesen hatte, ohne es je ernsthaft auszuprobieren?

Er machte in seiner Vorstellung einen Härtetest. Sah sich als Gefangener in dem ehemaligen Gestapo-Gefängnis, an dem er fast täglich vorbei ging. Er wurde gefoltert, in Einzelhaft gesteckt, war dem Tode nahe. Und trotz der Schrecken blieb das Gefühl der Verbundenheit mit etwas unsagbar zugewandtem Lebendigen – jedenfalls in seiner Vorstellung.

Er testete weiter, indem er durch die Stadt ging, im Café saß und die zahllosen Verschiedenartigkeiten der Menschen und Dinge auf sich wirken ließ. Und wieder hatte er das Gefühl, dass nicht die Differenzierungen und Einzigartigkeiten das Bestimmende waren, sondern die Einheit.

Von Kindheit an hatte er sich als abgesondert und allein erlebt; immer bemüht, es den anderen recht zu machen, damit er endlich, endlich in ein Wir aufgenommen würde, das ihm eine schwer erreichbare Kostbarkeit dünkte. Und nun war es auf einmal da, nicht mehr gesucht, undramatisch, selbstverständlich als das Immerseiende, Immer-schon-Gewesene. Uralte Worte kamen ihm in den Sinn von dem „Frieden Gottes, der höher ist als alle Vernunft."

10. Sept. 2016

In den nächsten Tagen hatte er Gelegenheit, die „tiefe Verwurzelung" und „das Dazugehörigkeitsgefühl" auf ganz andere Weise zu testen. Die GEW befasste sich mit dem Thema: Gesellschaftspolitisches Engagement in der Schule.

Markus hatte bei einem Vorbereitungstreffen den Beitrag seiner Schule vorgestellt und wunderte sich, warum am Tag der Veranstaltung der verantwortliche Kollege nicht aufs Podium gebeten wurde.

Es stellte sich heraus, dass Markus seine Mail-Adresse fehlerhaft angegeben und damit den Informationsfluss blockiert hatte. Niemand anders als er war für diese Panne verantwortlich. Am liebsten wäre er im Erdboden versunken! „Setzen Sechs", sagte sein innerer Gerichtshof. Und andere Stimmen höhnten: „Typisch, so kennen wir dich. Bemüht, aber leider ein Looser." Nicht eine, nein, ganze Serien von ähnlichen Vorfällen zogen vor dem inneren Richterstuhl vorbei.Sein rationales Ich aber überlegte: „Hat mein Fehler Konsequenzen? Werden sie mich noch mögen oder bin ich wieder mal draußen – da draußen vor der Tür? Mühsam erinnerte er sich an das überwältigende Gefühl von „ich gehöre dazu, jetzt und immer, einfach, weil es so ist."

Diese Gewissheit müsste nun also tragen, selbst, wenn die Kollegen ihn mobben oder schneiden würden. Denn „jetzt und immer" war „jetzt und immer." Weder kleine noch große Niederlagen dürften daran etwas ändern. Wie würde eine Schamane sich in seiner Lage verhalten? Würde er die Geister anrufen, trommeln bis zum Umfallen? Bei seiner Schamanismuslektüre hatte er nie etwas über den Umgang mit Scham und Schuld gefunden. Nichts, was dem klassischen Ausspruch des Theologen Karl Barth gleich kam: Der Mensch als solcher ist ein Sünder und ein Feind der Gnade.

Markus beschloss, eine Übung zu machen: Er schaute sich alle diese schmerzhaften Erinnerungen genau an und hörte aufmerksam den negativen Stimmen zu. Es gab keine Chance, in dieser Dimension eine Entlastung, einen Trost, einen Freispruch zu finden. Wenn er aber in seiner Vorstellung tiefer und tiefer ging, dann wurden all diese Ereignisse, Stimmen und Gefühle zu kleinen, schaukelnden Boten auf dem Meer des immerwährenden Seins.

Würde das Meer seine lecken Boote tragen? Würde es helfen, sein Selbstwertgefühl wieder zu heilen?

11. Sept. 2016

Markus überraschte Sofia mit einer Frage, die ihn schon lange beschäftigte.

„Sofia, gibt es etwas, das dich wirklich tröstet?"

Sie schaute ihn ein wenig belustigt an. „Wie kommst du den auf so etwas?"

„Naja, ich werde halt älter, und da melden sich Fragen, die die Jugend nicht kennt."

„Willst du einen Vortrag hören?", fragte sie.

„Nur zu. Ich bin wirklich interessiert."

„Wir haben unsere Jugend in einem ähnlich engen Milieu verbracht. Durch intellektuelle Auseinandersetzungen und durch Flucht habe ich versucht, mich von diesen Zwängen zu befreien. Bin nicht mehr in die Kirche gegangen, habe um alles, was irgendwie mit Religion zu tun hatte, einen großen Bogen gemacht.

Schließlich landete ich in feministischen Frauengruppen. Tatsächlich ging es da in einigen Bereichen wieder um Religion, jetzt genannt: Spiritualität. Ich habe gehört, dass unsere christliche Religion ihre Wurzeln in uralten Vorstellungen hat, zu denen vor allem die Gestalt einer großen Göttin gehörte. Sie garantierte die Fruchtbarkeit der Erde und war die Herrin über Leben und Tod. Irgendwann habe ich unser Symbol der Jungfrau Maria mit der allherrschenden Göttin identifiziert. Und – was soll ich dir sagen – in Krankheit und Krisen begann diese Gestalt mich zu trösten.

Du weißt ja selbst, dass in unseren pietistischen Kreisen die

Frauen kaum wagten, mütterlich zu sein. Ihr Über-Ich wurde von den drei Herren im Himmel bestimmt und die verlangten, dass das Weib in der Gemeinde schwieg, als Frisur eine Demutszwiebel trug, fleißig Kuchen backte und mit strengem Blick jede Regelverletzung ahndete.

Dagegen die Madonna! Wie oft habe ich mich als kleines, schutzbedürftiges Kind in ihren Armen erlebt. In den Armen dieser wunderschönen, verständnisvollen und dennoch machtvollen Frau. Siehst du, das ist es. Das tröstet mich bis heute."

Markus hatte mit wachsender Spannung zugehört. War das die Frau, mit der er seit fast dreißig Jahren zusammen lebte und die er geglaubt hatte zu kennen? Er war versucht, sich schuldig zu fühlen ob seiner grandiosen Blindheit. Aber etwas anderes überflutete ihn geradezu: ein Gefühl tiefer Dankbarkeit gegenüber dieser Frau, die ihm nun nach langer langer Zeit eines ihrer ganz tiefen Geheimnisse anvertraut hatte. „Ach Sofia", flüsterte er „wie schön."

14. Sept. 2016

Das Schamanismus-Wochende kam näher, und Markus hatte wieder „Rücken" heftiger, denn je. Der Orthopäde ordnete Röntgen und Kernspin an. Dann würde man weiter sehen.

Kernspin, das war sein Alptraum. Unter diesem Druck begab er sich wieder auf eine innere Reise:

Auf einer Bank sitzend erblickte er in einem Alpental eine riesige Klosteranlage und eine Stimme sagte: „Reiß sie ab."

„Warum sollte ich so etwas Schönes abreißen?"

„Reiß sie ab und bau das Richtige auf, wo Macht keine Rolle mehr spielt."

„Aber der Rücken, das ist doch mein Problem."

„Kehr zurück. Es wird dir schon etwas einfallen."

Was ihm einfiel, waren die Heiltempel der Antike, die Aesculap-Tempel, die zu Hunderten von den Christen zerstört worden waren. Nach Meinung der Historiker hatte der Heilgott Asclepios zu viel Ähnlichkeit mit dem Christengott.

Markus würde ja gern einen modernen Heil-Tempel bauen, wo die Kranken durch verschiedene Rituale auf einen Heilschlaf im Zentrum des Heiligtums vorbereitet wurden, wo ihnen durch Träume einen Weg zur Gesundung gezeigt wurde.

Er stellte sich vor, solche Tempel wären Teil eines jeden Krankenhauses, ein eigenständiges Therapeutikum, anders als die Krankenhauskapellen, die eher wie Fremdkörper im Klinikbetrieb wirkten.

Egal wie, seinem Rücken ging es nicht besser durch diese Vorstellungen.

„Dir wird schon etwas einfallen", hatte die Stimme gesagt. Da besann er sich auf die schamanische Methode der Ilumination. Er „reiste" noch einmal und traf tatsächlich seinen Helfer wieder auf einer Bank sitzend.

„Bitte, bestrahl meine schmerzende Stelle mit hellem Licht."

Das tat der Helfer lange und ausgiebig.

Wieder im Diesseits angekommen, spürte Markus keinen Schmerz mehr. Er bückte sich, er machte Kniebeugen, er ging in die Hocke – nichts.

„In einer Viertelstunde wird der Zauber vorbei sein", dachte er. Doch selbst am nächsten Tag war er schmerzfrei und überlegte, ob er den Termin beim Orthopäden absagen sollte. Da kehrten die Schmerzen zurück, und es schien, als wolle etwas in ihm den Arzt nicht enttäuschen.

16. Sept. 2016

In seiner knapp bemessenen Freizeit las er zwei Bücher über Schamanismus gleichzeitig:

Michael Harner: „Der Weg des Schamanen" (16)

Geseko von Luepke: „ Visionssuche" (17)

Seine anfängliche Faszination war verschwunden. Ja, er fragte sich, ob er die Spur weiterverfolgen sollte. Denn inzwischen war ihm klar geworden, dass es in seiner eigenen Kultur Verfahren gab, die den schamanischen im Wesentlichen glichen. Allerdings suchte er weiter nach einer befriedigenden Antwort auf die Frage, ob Schamanen wirklich von der eigenständigen Existenz ihrer Geister überzeugt sind. Denn das konnte er sich bei westlich geprägten Adepten beim besten Willen nicht vorstellen. Sein jahrzehntelanger Kampf gegen die biblischen Wundervorstellungen konnte doch nicht damit enden, in eine noch archaischere Mythenwelt einzutauchen.

„Hör auf zu sinnieren", sagte er sich selbst, „denk einfach: 'zurück zu den Wurzeln' und lass dich überraschen."

Nachdem er in einem Schnellrestaurant ein paar Matjes verspeist hatte, versuchte er sein Glück mit der Interpretationsübung. Fünf Minuten nahm er sich vor. Und los!

Als erstes fielen ihm zwei Security-Leute auf, die einem Gangsterfilm hätten entsprungen sein können. Das Gemurmel ringsum kannte keine Pause. An der aufdringlichen Werbung konnte er nicht vorbeisehen. „Pulled pork statt Seele", dachte er und gab es auf.

20. Sept. 2016

Nein, er war kein Hobby-Schamane.

Nein, er war niemand, der sich hinter Ritualen versteckte.

Nein, er hatte kein Guru-Gehabe.

Er war ein sympathischer Mitteleuropäer, ausgebildet in Core-Schamanismus mit mehr als zwanzig Jahren Erfahrung (18).

Für's Erste war Markus beruhigt. Allerdings kämpfte er – wie in der Vergangenheit in fremden Gruppen – mit dem Gefühl, ein Außenseiter zu sein. Man duzte sich. Manche fanden sofort Gesprächspartner. Auch Markus versuchte sein Glück. Aber die Angesprochenen schienen seine Bemerkungen und Fragen deplatziert zu finden. Und so gab er seine Annäherungsversuche wieder auf, hielt sich an seiner Wasserflasche fest und war froh über den Beginn der ersten Runde.

Der Schamane erklärte das schamanische Weltbild mit Mittel- Ober- und Unterwelt, verwies auf Ähnlichkeiten mit der germanischen Mythologie, die Midgard, Asgard und Niflheim als Sitz der Götter kannte. Weiter informierte er über den außergewöhnlichen Bewusstseinszustand, in dem Schamanen ihre Reisen unternehmen, unterstützt durch den Klang von Rasseln und Trommeln.

Schon bald wurde er konkret. „Reist durch einen Tunnel, einen Brunnen, eine Höhle oder Ähnlichem in die Unterwelt, um euer Krafttier zu finden. Krafttiere und Lehrer sind eure Helfer bei jeglicher Art von schamanischer Arbeit."

„Hm", dachte Markus, „der Typ spricht nicht von Phantasiereisen oder von projizierten inneren Zuständen. Meint er wirklich objektive Gegebenheiten, so wirklich wie die Bäume im Park? Egal. Reise ich erst einmal."

Da er kein Anfänger war, seine inneren Helfer kannte, hatte er wenig Mühe mit dieser Aufgabe. Bei der anschließenden Vorstellung der Erlebnisse beruhigte es ihn, nicht als einziger die objektive Realität der Reise in Frage zu stellen.

„Woher soll ich wissen, ob dieses Krafttier in meiner Vorstellung hervorgerufen wurde oder eine davon unabhängige Existenz hat?"

„Anfängerfragen", meinte der Schamane, „je mehr Erfahrung man mit den Reisen macht, desto geringer werden die Zweifel an der Realität der Geister. Bei mir selbst hat es 15 Jahre gedauert. Trotz überraschender und sogar wunderbarer Erfahrungen. Stellt eure Zweifel während der Reise zurück. Danach könnt ihr euch wieder damit befassen."

So ging es weiter. Es wurde getrommelt, gerasselt, den Krafttieren und Helfern Fragen gestellt und Erlebnisse ausgetauscht.

Am zweiten Tag fand Markus es schon nicht mehr ungewöhnlich, von Spirits oder Geistern zu reden. Alles war lebendig in dieser Welt. Alles hatte eine Sprache und die Kommunikationsmöglichkeiten waren unbegrenzt.

Diese direkte Zwiesprache, selbstverständlich und sozusagen in Augenhöhe, führte bei ihm natürlich dazu, Entsprechungen im guten alten Christentum zu suchen. Das war wahrhaftig nicht schwer. Gab es in der Volksfrömmigkeit nicht die Schutzengel, die heute sogar für Versicherungen Reklame laufen?

Gab es im katholischen Bereich nicht die Heiligen, die auf verschiedenste Lebenslagen spezialisiert waren, z. B. der heilige Antonius für Verlorenes? Gab es nicht heilige Orte, mit ihren wundersamen Begebenheiten? War Jesus selbst nicht ein Meister-Schamane? (19) Trieb er doch Geister aus, heilte mit der Kraft des Geistes, sprach mit den Elementen und verkehrte mit den Ahnen auf dem Berg der Verklärung (20). Weiter fiel ihm aus dem AT die Geschichte von Elia ein, der vor einer Höhle eine Gotteserscheinung hatte. Mit fast den denselben Worten beschrieb Michael Harner sein Erlebnis in der Höhle im Shenandoah Valley in Virginia (21).

Was also war der Unterschied zum Schamanismus? Einer Antwort kam er nach diesem Wochenende näher.

Bei den Schamanen hieß es: Es gibt Methoden. Die kannst du anwenden. Dann wirst du deine Erfahrungen machen. In den Kirchen hieß es: Diese Erfahrungen haben gottgefällige Menschen vor langer, langer Zeit gemacht. Sie wurden in den heiligen Schriften überliefert, und die sind heute für uns maßgebend. Alles, was wir brauchen, finden wir da aufgeschrieben.

Und nun stellte Markus sich eine christliche Schamanenreise vor: Geht wie Jakob im Alten Testament nach Bethel, klettert mit ihm die Himmelsleiter hoch, beobachtet, was euch entgegen kommt und vor allem: sprecht mit euren jenseitigen Geistführern, den Engeln, fragt sie, tragt ihnen eure Sorgen und Probleme vor und erwartet ihre Antwort. Nehmt diese Antwort ernst, teilt sie mit Gleichgesinnten und vor allem: setzt sie in eurem Alltag um.

Markus wurde ganz warm ums Herz. Schon diese Vorstellungen waren wie ein nach Hause kommen. Nahm das aber dem Herrn des Himmels und der Erde nicht die Einzigartigkeit entsprechend dem zweiten Gebot: Du sollst keine Götter haben neben mir? Wie eine Antwort auf diese Frage fielen Markus die Worte seines alten, liberalen Theologieprofessors ein: „Natürlich gibt es Engel und Naturgeister. Gott sitzt gewiss nicht allein in seiner Göttlichkeit. Nein, Gott schafft Göttliches" (22). Mit einigen Jahrzehnten Verspätung ging Markus der Sinn dieser Worte auf. Und noch etwas fiel ihm ein. Er hatte irgendwo einmal den Satz gelesen: Die Himmlischen sind so freundlich, sich uns in einer Gestalt zu zeigen, die wir verstehen.

So fuhr Markus ziemlich zufrieden wieder nach Hause, obwohl er so etwas Ergreifendes wie beim Ritual des nepalesischen Schamanen nicht erlebt hatte. Dieses sich Öffnen des Vorhangs, hinter dem sich eine strahlende Helligkeit gezeigt hatte, bewegt durch eine unfassbare, unvergleichliche Dynamik, perlend, steigend und fallend – wie vor der Geburt eines Sternes.

Auf jedem Fall würde er sich weiter mit dem Phänomen befassen. Am ersten Sonntag des nächsten Monats würde er mit einer Gruppe schamanisch trommeln.

24. Sept. 2016

Was zu erwarten war! Nach nur vier Tagen kam Markus das
Wochenend-Erlebnis unerheblich, blass, nichtssagend vor. Er
fiel in ein depressives Loch. Einhundertfünfzig Euro zum
Fenster hinaus geworfen. Es wurde Abend, das Loch wurde
schwärzer und die Rückenschmerzen quälten ihn.

Schließlich nahm er seinen Mut zusammen und bat halb
christlich, halb schamanistisch alle gütigen Wesenheiten um
Hilfe.

„Helft mir, tröstet mich", sagte es in ihm fast von allein. Immer
wieder, immer wieder, wie eine Litanei.

Irgendwann spürte er, wie eine Energie von unten her in seinem
Körper hoch stieg, die Trostlosigkeit umspülte und durchdrang.
Tiefe Ruhe breitete sich aus. Er analysierte nicht, er zweifelte
nicht. Er ließ sich einfach in den Frieden hineinfallen.

Am nächsten Morgen war er richtig ausgeschlafen, eine
Seltenheit. Es fiel ihm nicht schwer, sich bei wem auch immer
für die Hilfe zu bedanken. Ja, der alte Protestant konnte sogar
nieder knien, um seinen Dank zu bekräftigen.

Das Telefon riss ihn aus diesem Ritual. Sein alter Freund, der
Künstler, musste ihm unbedingt etwas mitteilen.

„Von Hobby-Schamanen zu Hobby-Schamanen: Du hast doch
auch oft 'Rücken'. Mich hat er heute morgen wieder geplagt.
Noch im Bett fielen – oder wurden mir geschenkt – die Worte
ein: alles ist im Fluss, alles ist verbunden. Ich habe diesen Satz
immer wiederholt und dabei die schmerzenden Stellen sanft
massiert, fünf Minuten lang. Dann bin ich aufgestanden, ohne
Schmerzen, ohne Steifigkeit."

„Danke, das werde ich gleich ausprobieren."

Siehe da, auch Markus spürte deutliche Erleichterung. Er überlegte: Er hatte sich zu einem kleinen Dankesritual durchgerungen und just in diesem Moment kam ein heißer Tipp. Zufall? Oder war ihm etwas zugefallen?

Da er einen Tag ohne Unterricht und sonstige Verpflichtungen hatte, beschloss er, eine kleine Reise in die nicht-alltägliche Wirklichkeit zu unternehmen, einfach so. Das war zwar nicht nach den Regeln der Kunst, denn eine Reise sollte immer eine klare Fragestellung zum Anlass haben. Egal.

Jedenfalls fand er einen Lehrer auf einer Bank an einem Weiher sitzend, der ihn nach seinem Begehr fragte.

„Wie soll ich diesen Tag verbringen?"

Ohne darauf zu antworten, sagte der Lehrer: „Du hast Rückenprobleme. Leg dich auf die Liege und zwar auf den Bauch."

Sofort erschien eine Liege, und Markus tat, wie ihm geheißen. Ein helles Licht, das von der Hand des Lehrers abstrahlte, erwärmte die kranken Stellen. Markus fühlte sich pudelwohl.

„So, das wär's für heute." Der Lehrer klatschte in die Hände und Markus befand sich wieder in seiner Alltagswirklichkeit.

„Ob diese 'Wunderheilung' hält?" war seine erste kritische Frage. Er setzte sich, stand auf, setzte sich, stand auf mit deutlich weniger Schmerzen als am Tag zuvor.

„Vielleicht", dachte Markus, „vielleicht ..."

Er fuhr den PC hoch und wollte etwas ausdrucken. Der Toner war leer. Wäre ja auch zu schön gewesen, weiterhin nur beglückende Erfahrungen zu machen. Statt vor den Wesen der geistigen Welt kniete er jetzt vor seinem Computer.

26. Sept. 2016

Stanislaw Petrow war der Mann, der den dritten Weltkrieg am 26. Sept. 1983 fünfzig km südlich von Moskau im Serpuchow-15-Bunker verhindert hatte. Oberstleutnant Petrow hatte seiner Intuition vertraut und den auf den Monitoren angezeigten unmittelbar bevorstehenden Nuklearschlag der Amerikaner für eine Falschmeldung gehalten und darum den Staatsratsvorsitzenden nicht informiert. Seine Intuition war richtig. Dennoch musste er sich in anschließenden Verhören rechtfertigen. Er wurde zwar nicht bestraft, aber auf einen unbedeutenden Posten versetzt.

Markus war wie vom Donner gerührt. Die intuitive Entscheidung! Das weitere Schicksal dieses Russen stimmte ihn nachdenklich: Er soll alkoholabhängig und manisch-depressiv geworden sein. Wenn das stimmte: Zum Teufel mit der Intuition! Warum musste ein Mann, der die Menschheit vor dem Grauen eines Atomkriegs bewahrt hatte, persönlich einen so hohen Preis zahlen?

29. Sept. 2016

Sein Freund, der Maler, kam vorbei mit einem riesigen roten Buch unter dem Arm.

„Nicht nur die Medizinmänner reisen in die nicht-alltägliche Wirklichkeit. Schau mal hier in das 'Rote Buch' von C. G. Jung (23). Der kannte das Phänomen auch. Und wie er es kannte!"

Ohne Begeisterung, eher aus Höflichkeit, blätterte Markus in dem kostbaren Folianten. Dann begann er doch zu lesen: Visionen, Imaginationen, die dieser Mitbegründer der Tiefenpsychologie vor hundert Jahren in sorgfältiger, kunstvoller Weise gemalt und aufgeschrieben hatte. Tatsächlich hatte er den ersten Weltkrieg vorausgesehen. Allerdings verstand er erst Jahre später den Sinn seiner Bilder. Zuerst fürchtete er, geisteskrank zu werden.

Je mehr sich Markus in diese Lektüre vertiefte, desto niedergeschlagener wurde er, ausgelöst durch die Wucht der Bilder und der Sprache. Eine depressive Verstimmung ließ ihn alles um sich herum und in ihm selbst grau, öde und leblos erscheinen. Er versuchte sich abzulenken mit Spaziergängen, Stadtbummel, Espresso-trinken, Krimi-Schauen. Es half alles nichts. Er hatte sich in Jungs Labyrinthen verlaufen. Bewusstes, Unbewusstes, aktive Imagination, transzendente Funktion, das Gottesbild in der Seele. All sein Unbehagen und seine Zweifel wurden wieder aktiviert. Nein, er wollte weder mit der Trinität noch mit dem Wandlungssymbol in der Messe etwas zu tun haben. Die ganze Freudlosigkeit zu Tode interpretierter Symbole überschwemmte ihn.

Dann drängte sich ein Gedanke in den Vordergrund: Bewusstes und Unbewusstes als selbstständige Größen, wobei das

Unbewusste umfänglicher, tiefer, geradezu unermesslich ist.

„Ja, so ist die Gottheit", dachte es in Markus, „ein unergründliches Geheimnis, dem man sich nähern kann, das Einblicke gewährt, das aber niemals und auf keine Weise auszuloten ist."

Große Erleichterung erfasste ihn.

„Es ist ganz einfach. Ich bin bezogen auf dieses Geheimnis, diese Tiefe des Seins. Alle theologischen Konstrukte sind demgegenüber zweitrangig, geradezu unerheblich, eben der jeweiligen Zeit und Kultur geschuldet."

Ihm war, als würde er aus seinem inneren Gefängnis, gebaut aus Theorien und Denkhemmungen, entlassen. Alle Religionen waren Versuche, sich auf diesen Ursprung von allem, auf diese Kraftquelle zu beziehen. Die Frage nach ihrer „Wahrheit" war falsch gestellt. Während die Frage nach ihrer Angemessenheit in einer bestimmten historischen Situation weiterführte. Nämlich zur Prüfung, ob das jeweilige Symbolsystem der bestmögliche „Türöffner" zum Reich der weltimmanenten und welttranszendenten lebendigen Präsenz darstellte. Das Kriterium war keineswegs eine Dogmatik oder Systematik, die für „richtig" gehalten oder gar „geglaubt" wurde, sondern eine Intensivierung allen lebensförderlichen Verhaltens.

Natürlich waren solche Gedanken Markus nicht fremd. Aber jetzt – tatsächlich durch die Lektüre des Roten Buches von C. G. Jung – wurde ihm dieses Denken zur inneren Gewissheit. Er hatte seinen persönlichen Mythos gefunden. Er hätte lachen und tanzen mögen und dabei singen: „Ich habe es gefunden, meinen Grund habe ich gefunden."

Ohne Mühe konnte er nun den Schamanismus für sich lokalisieren als ein uraltes System der Kommunikation mit dem Urgrund. Bestätigt fühlte er sich auch durch H. P. Dürr, der sagte: „Wir alle haben die Quelle in uns. ... Wir alle haben selber einen Zugang. Wir sind nicht notwendig auf Äußerlichkeiten angewiesen. ... Der liebende Dialog hilft dabei, uns wechselseitig daran zu erinnern, was in uns an Wissen und Weisheit verborgen ist" (24).

3. Okt. 2016

Der Trommel-Workshop. Alle Teilnehmer hatten kunstvoll gearbeitete Trommeln dabei. Markus hatte nichts. Ein freundlicher Mensch lieh ihm seine Rassel.

Die Geister wurden aus den vier Himmelsrichtungen, von der Erde und vom Himmel gerufen. Danach begann ein rhythmisches Gewitter. Markus biss die Zähne zusammen. Nach zwanzig Minuten war sein Kopf ein einziges Dröhnen. Anschließend eine Reise zu den Krafttieren oder Lehrern. Zum Glück begleitet von „nur" zwei Trommeln. Nach der Pause ging es weiter mit „Heilungen".

Markus staunte über die Offenheit und Ausführlichkeit, mit der TeilnehmerInnen ihre psychischen und gesundheitlichen Probleme schilderten. Die ganze Gruppe beteiligte sich an der Formulierung von Fragen, die den Geistern gestellt werden sollten. Zum Beispiel: Was kann Susanne in ihrer Situation für sich selbst tun? Die „Reiseberichte" waren unterschiedlich und sehr phantasievoll, z. B. kam eine Schlange aus einem Teich und schlängelte sich an Susannes Wirbelsäule hoch.

Die Bilder wurden allerdings nicht einfach stehen gelassen,

sondern mit üppigen Interpretationen und Empfehlungen versehen. „Du solltest an eine 'Seelenrückführung' denken, du solltest eine Familienaufstellung machen", usw. Das nervte Markus. Sollten sie die Bilder doch einfach für sich sprechen lassen!

Bei der letzten „Reise" schlief er ein und erwachte mit heftigen Kopfschmerzen. Ohne sich an der Abschiedsumarmung zu beteiligen, verließ er den Raum. Seine Glieder und Gedanken schienen aus Blei zu sein. Zu Hause ließ der Blick aus dem Fenster die Landschaft bewegungslos werden. Er fühlte sich wie Dante in der Hölle.

Hatte er nicht vor ein paar Tagen einen befreienden Zugang zur Tiefe des Seins, zum großen Geheimnis erlebt? Mühsam kramte er dieses leichte, beschwingte Gefühl hervor. Er erinnerte sich daran, aber die lastende Schwere wurde nicht aufgehoben. Zwischen Kühlschrank und Terrasse streifte er planlos hin und her, wollte sich durch „googeln" ablenken – der Computer war aber immer noch defekt – und fand schließlich eine DVD, die ihm die Zeit bis zum „Tatort" überbrücken sollte: Tom Kenyon „Song of the New Earth – die heilende Kraft der Klänge."

Er erwartete nicht viel und wurde überrascht. Da hatte ein Mann mit einer außergewöhnlichen Stimme und einer hohen Sensitivität sich auf den Weg gemacht, um sein rationales mit seinem spirituellem Sein zu versöhnen. Geschult in westlicher Psychologie hatte er die Kraft der Klänge, der Orte und der mystischen Traditionen erforscht. Er war fähig, deren feine Energien zu erspüren, mit ihnen zu verschmelzen und diesem Geschehen durch seinen Gesang Ausdruck zu verleihen. So konnte er durch Rhythmus und Klang einen Raum erzeugen, in dem jeder Mensch seinen eigenen Weg zur Versöhnung von Kopf und Herz gehen konnte. Natürlich war Markus nicht auf einen „schamanischen Weg" festgelegt. Er konnte aus allen Traditionen schöpfen wie dieser Klang-Künstler. Denn im Zeitalter der Informationstechnologien konnte jeder an jeder Kultur teilhaben und vielleicht genau das finden, was ihm entsprach.

In der Nacht wurden die Kopfschmerzen wieder heftiger und er erkannte: „Trommeln ist nichts für mich."

7. Okt. 2016

Sollte er den Schamanismus nun abhaken? Platzte wieder einmal eine Blase im Gebrodel der Möglichkeiten wie so viele schon in seinem Leben?

Nein, so schnell wollte er nicht aufgeben. Was hinderte ihn, weiter zu experimentieren, z. B. im Hinblick auf seine Gesundheit. Mochten die indigenen Schamanen fremde Hilfe in Anspruch nehmen, wenn sie selbst krank waren – er lebte nicht im Urwald. So begann er das „Schamanische Heilbuch" von Jakob Oertli wie eine Gebrauchsanweisung zu lesen. Nach einem Symptom musste er nicht lange suchen. Mit Herbstbeginn meldeten sich die ersten Infekte wieder. Also los! Er nahm sich vor, alle Zweifel und Analyseversuche auf später zu verschieben und atmete ein paar Mal tief durch. Tatsächlich fand er seinen „Lehrer".

„Was kann ich gegen meine Gliederschmerzen und meinen Schmerzkopf tun?", fragte er den Lehrer, der wieder unter dem Baum am Rand eines Weihers saß. Der klatschte in die Hände, und es erschienen zwei engelartige Gestalten.

Die eine beugte sich über ihn und begann in seiner Bauchgegend zu saugen. Ein schwarzes Sekret erschien, aufgereiht wie eine Perlenkette, die kein Ende nehmen wollte.

„Das sind deine ungeweinten Tränen", sagte der Lehrer, „seit deiner Kindheit hast du sie verschluckt."

Markus bemerkte, wie sich etwas in ihm löste, ihm wurde leicht und frei zumute, und er begann hemmungslos zu weinen. Ein lastender Druck, den er bewusst nie bemerkt hatte, verschwand und ließ ihn verwirrt aber wie „rund-erneuert" zurück. Dann sah er, wie seine ungeweinten Tränen am Fuß eines Baumes vergraben wurden, der völlig kahl war.

„Warum hat er keine Blätter?" fragte er.

„Du wirst sehen, er wird grünen und blühen. Deine Tränen werden das bewirken." Eine Chance, nach Medikamenten oder weiteren Maßnahmen zu fragen, hatte er nicht. Der Lehrer wies ihn mit einer Kopfbewegung an, die Heimreise anzutreten.

Markus war durchflutet von Dankbarkeit. Ohne Schmerzen, ohne Benommenheit nahm er an einem Arbeitstreffen teil. Er konnte sich konzentrieren und sogar Interesse für die Routine-Thematik aufbringen.

8. Okt. 2016

Am nächsten Morgen machte er einen Body Scan. „Na ja." Vorsichtshalber warf er ein paar Pillen ein, ehe er in die Lehrerrolle schlüpfte. Die Nase lief; dauernd musste er niesen. Abgesehen davon fühlte er sich pudelwohl. So wohl, dass er nun doch anfing zu analysieren: Das Aussaugen war eine schamanische Technik. Er hatte davon gehört und es in Filmen gesehen, z. B. bei Clemens Kuby „Unterwegs in die nächste Dimension" (25). Was den „Lehrer" anging, so war er eine imaginierte Gestalt wie sie C. G. Jung im „Roten Buch" und in „Erinnerungen, Träume und Gedanken" (26) beschrieben hatte. Dieser Psychologe hatte die inneren Bilder ernst genommen und zur Grundlage seines Lebenswerkes gemacht. Was die 'Helfer' anging, kannte die Volksfrömmigkeit sie als Schutzengel – nicht nur in der christlichen Tradition. Und in den Märchen tummelten sich geradezu die guten und bösen Wesen der Jenseitswelt.

Markus wurde klar, dass seine Imaginationen seinen eigenen Kulturkreis repräsentierten. Ihm erschien kein Voodoo-Zauberer, kein Bodhisattva, kein tibetischer Drache. Was sollte er nun davon halten? Wieder kam ihm der Satz in den Sinn: „Die geistigen Wesenheiten sind so freundlich, für uns eine Gestalt anzunehmen." Bis zum Beweis des Gegenteils würde er seine Trips in die nichtalltägliche Wirklichkeit einfach ernst nehmen. So!

12. Okt. 2016

Irgendwie kam Markus nicht weiter. Zumal seine Selbstheilungsversuche alles andere als überzeugend waren. Allerdings konnte er das Thema auch nicht auf sich beruhen lassen. Denn er hatte – wie H. P. Dürr einmal gesagt hatte – mehr erlebt, als er begreifen konnte. Also fahndete er weiter. Am liebsten wäre ihm ein spektakuläres Ereignis gewesen, aber es zeigte sich nur vorhersehbarer, grauer Alltag. Er stellte alle seine „Antennen" auf Empfang. Doch er vernahm nichts außer dem Gemurmel der Alltagssprache, außer dem Rauschen des allgegenwärtigen Straßenverkehrs. Das einzige, was ihm auffiel, war, dass ihm ziemlich wenig auffiel. Er kam sich vor wie ein blinder Spiegel.

Gab es keinen Weg, keinen Ausweg, keine Spur, die zu einem Zusammenhang, einem Sinn führte, zu irgendetwas, das ihn zufrieden stellte? Was zum Beispiel war es genau, das im Christentum verloren gegangen war? In manchen Gesprächen mit Insidern oder ehemaligen Insidern war man sich schnell einig darüber, dass etwas fehlte. Aber was war es? Da waren die Dogmen oder Systematiken, die Institution und ihre Zwänge, das immer noch mythische Weltbild. Ja, ja. Aber Markus spürte, dass es etwas anderes war.

16. Okt. 2016

Was Markus fehlte, war ein neues Abenteuer – in dieser oder in jener Welt.

Trotz seiner neuen Freiheit, den neu eröffneten Räumen, fühlte er sich gelangweilt. Zu wenig Gleichgesinnte, zu wenig Gesprächsmöglichkeiten.

Seine Schüler. Was war mit seinen Schülern? Die waren doch aufgeschlossen - ja schon -, weil sie freiwillig zu seinem Unterricht kamen. Er stellte sich vor, er würde mit ihnen „auf Reisen" gehen. Das würde mit Sicherheit ein Erfolg im drögen Schulbetrieb. Und dann? Es würde sich herumsprechen wie ein Lauffeuer. Besorgte Eltern würden die seelische Gesundheit ihrer Kinder gefährdet sehen. „Fromme" Kollegen würden ihn anschwärzen. Und zum guten Schluss würde noch herauskommen, dass er keine kirchliche Lehrerlaubnis hatte, also eigentlich keinen Religionsunterricht erteilen durfte.

Andererseits war er überzeugt, mit den „inneren Reisen" eine Art Medikament in Händen zu halten, das Jugendlichen in vieler Hinsicht weiterhelfen könnte. Und nicht nur ihnen, vielen Menschen könnte es helfen, weg von der äußeren Bilderflut ihrem wirklich Eigenen näher zu kommen. Nur, konnte er eine solche Aufgabe meistern? Musste er nicht noch viel mehr eigene Erfahrungen sammeln? Zum Beispiel mit Selbstheilung, ehe er andere auf diesen Trip mitnahm?

Andererseits konnte es seine eigenen Prozesse durchaus fördern, wenn er nicht selbstgenügsam um die eigene Person kreiste.

An das Naheliegenste hatte er sich bisher nicht herangetraut, nämlich mit Sofia auf Reisen zu gehen. Statt bis zum Sankt Nimmerleinstag auf eine passende Gelegenheit zu warten, überfiel er sie schon am nächsten Tag mit seiner Idee.

„Sofia, ich habe dir viel von meinen neuen Erfahrungen erzählt. Kannst du dir vorstellen, dass wir beide mal eine „innere Reise" unternehmen?"

Er war auf alles Mögliche gefasst, nur nicht darauf, dass sie spontan „ja" sagte.

„Klasse, so etwas habe ich mir schon lange mal gewünscht. Du aber schienst mir der Letzte zu sein, der für solche gemeinsamen Abenteuer einen Sinn haben könnte."

Markus erklärte ihr das Verfahren, wie er es im Workshop erlebt hatte.

„Also gut", sagte sie, „meine Frage ist: Kann ich etwas tun, um das Verhältnis zu meiner Mutter zu verbessern?"

Sie lagen mit Körperkontakt nebeneinander und „tauchten" ab.

Markus sah sich in einer Kirche und eine Stimme sagte: „Ich bin die Große Mutter. Sofia ist mein Kind. Ihre Mutter ist auch mein Kind."

Das war's. Er berichtete Sofia seine Eindrücke, und die begann zu weinen.

„Seit langem versuche ich, mit dieser Vorstellung zu leben, aber immer wieder hakt es. Und das Schlimmste ist: jetzt wiederholt sich das Problem mit unserer Tochter. Neulich, als ich die Grippe hatte, kam sie und bat mich, auf unseren Enkel aufzupassen und ein schwarzes Kleid enger zu machen, das sie abends bei einer wichtigen Veranstaltung tragen wollte. Sie hat kein einziges Mal gefragt, wie es mir geht, obwohl ich dauernd hustete und hohes Fieber hatte.

Was habe ich nur falsch gemacht? Warum erlebe ich so wenig echte Gemeinschaft?"

Markus war erschüttert. Er hatte Sofias Probleme überhaupt nicht bemerkt. Auf welchem Mond hatte er gelebt?

Wie dem auch sei, jetzt war er im Bilde und bereit, sich der Problematik zu stellen.

Ohne weiter zu überlegen sagte er: „Sofia, wir müssen uns gegenseitig bemuttern."

23. Okt. 2016

Wenn es ihm richtig gut ging, meldete sich bei Markus eine
poetische Ader und so schrieb er: Ach, würden sie wieder
reden, die Göttlichen, hier und jetzt und nicht nur in Texten aus
längst vergangenen Zeiten, übersetzt von Experten, die das
Lebendige nicht kennen, das Schöpferische, das seine Kraft
entfaltet in immer neuen Gestalten, die bezaubern, erfrischen
und tanzen auf der Grenze von Gestern zu Heute, das
Unerwartete begrüßen, das geschieht, wie es immer geschah.
Aber niemand ist, der es würdigt, der es sieht im Lärm und
Gedränge der Tage.

28. Okt. 2016

Geradezu verbissen versuchte Markus weiter, dem Geheimnis
der Schamanen auf die Spur zu kommen. „Aha-Erlebenisse",„
Alles Quatsch" und „Ich sollte mal wieder vernünftig werden",
wechselten einander ab.

Dann las er „Mundhum", die Lebensgeschichte eines
Nepalesen, der seine Berufung zum Schamanen abgelehnt
hatte, aber nach Höhen und Tiefen in seinem Leben zu seiner
Bestimmung fand (27). An diesem Tatsachenbericht
beschäftigte ihn besonders die realistische Beschreibung des
Lebens nepalesischer Volksstämme, ihr harter
Überlebenskampf, und ihre tiefe und selbstverständliche
Verwurzelung in ihren Traditionen. Ziemlich befremdet war er
über die ungeschönte Beschreibung des Schamanenlebens. Ja,
sie hatten teils erstaunliche Fähigkeiten, die sie im Kampf mit
Krankheiten, Dämonen und Hexen bewiesen. Sie waren
andererseits aber auch Menschen mit Schattenseiten, die

ihresgleichen suchten. Einige liebten den Alkohol oder überbordende Prahlereien. Und sie liebten es, zu spielen wie Kinder, die die alltäglichen Mühen gerne den Frauen überließen. Was sollte er von dieser Welt halten, wenn der Ahnenkult, die sorgsam durchgeführten Rituale, das großartige Kräuterwissen und die erstaunliche, langjährig geschulte Sensibilität sie nicht zu weisen, reifen und vorbildlichen Menschen machten?

Eins zu eins ließ sich diese Welt auf gar keinem Fall übersetzen. Ja, Markus kam zu dem Ergebnis, dass ihm die Wertvorstellungen seiner eigenen Religion, seiner eigenen Kultur überzeugender erschienen. Dennoch war das Eigene seltsam kalt und leblos, währen in dieser Himalayawelt das Leben pulsierte. Musste man sich aber Lebendigkeit durch Naivität und Kindlichkeit erkaufen? Sie musste sich doch auch mit dem reflektierten, aufgeklärten Wissen des Westens und seiner Orientierung an den universalen Menschenrechten vertragen. Warum nur war das Lebendige auf der Strecke geblieben? An dem Religionsstifter aus Nazareth konnte es nicht liegen. Was von ihm erzählt wurde, glich in weiten Teilen dem Leben eines Schamanen, der in Kontakt zu seinen Mitmenschen, seiner Mitwelt und den Kräften und Wesenheiten der geistigen Welt war. Hatte er nicht gesagt: Ein Beispiel habe ich euch gegeben, (Joh. 13,15) und, ihr werdet größere Werke tun als ich? (Joh. 14,12) Was für ein müder Theologenbetrieb war daraus geworden!

„Sei es, wie es sei", dachte Markus, „ich will das Leben finden."

Wieder dachte er ernsthaft über Selbstheilung nach. Um so mehr, als er sich in den Klauen der Schulmedizin, mit MRT, drohenden Operationen und intensiver Schmerzbehandlung wiederfand. Während er dem langsamen Tropfen seiner Infusion zuschaute, hatte er genügend Zeit, über die Erfolglosigkeit seiner Selbstheilungsversuche nachzudenken. Aha, da hatte er wirklich etwas am Bändel. Er hatte sich mit Tunnelblick auf seine gesundheitlichen Probleme konzentriert. Und nun erschien es ihm, als müsse er im Gegenteil seinen Blick weiten. Es ging nicht nur um seinen Rücken. Es ging um sein Eingeordnetsein ins Gesamt seiner Lebensumstände und seiner Welt. Es war keineswegs gleichgültig oder nebensächlich, was sein Kontostand anzeigte. Es war nicht zweitrangig, wo er seine Bücher einkaufte. Es sollte ihn interessieren, wie die politische Lage mit seiner Existenz zusammenhing. Nein, falsch, es sollte ihn nicht interessieren, er sollte sich klar machen, dass er ein Beteiligter war. Nicht nur klar machen sollte er es sich, er sollte sich so erleben.

Für einen Augenblick erschien ihm das eigene Ich als Teil einer gewaltigen Sinfonie, die um ihn, in ihm und mit ihm spielte. Und er wusste in diesem Augenblick genau: „Je mehr ich mich darauf einlasse, desto gesunder werde ich."

8. Nov. 2016

Immer neue Informationen ließen Markus im Ungefähren schwimmen. Der Schamanismus büßte den Reiz des Neuen, Abenteuerlichen ein; denn es gab genügend Systeme, die sich aus den gleichen Quellen speisten. Stets ging es um eine Erweiterung des Wahrnehmungs- und Bewusstseinsfeldes und darum, Fähigkeiten auszubilden bzw. ernst zu nehmen, die traditionell in der westlichen Kultur keine Chance hatten. Ob es die Anthroposophen waren, die „Erkenntnisse höherer Welten"

(28) erlangen wollten, ob es Dorothee Sölle mit der „Hinreise"
(29) war, ob es C. G. Jung mit der „Aktiven Imagination"
(30)war, ob es um die Oberstufe des „Autogenen Trainings"
(31) ging, um Hanscarl Leuners „Katathymes Bildererleben"
(32) oder das „Holotrope Atmen" (33) von Stanislav Grov -
immer sollten Areale aktiviert oder angezapft werden, die
einem rein mentalen Zugriff auf die Wirklichkeit nicht
zugänglich waren. Am besten aus diesem reichhaltigen
Angebot gefiel ihm die „Integrale Spiritualität" (34) von Ken
Wilber. Das war ein Supersystem, um all den verschiedenen
Versuchen, Ansätzen, Strömungen einen Platz zuzuweisen, der
ihrem Potential entsprach.

Wenn nur alles Informieren, Nachdenken, Einordnen auch
einen heilsamen Effekt, einen praktischen Nutzen gehabt
hätten!

Oh, wie schön ist Panama!

13. Nov. 2016

Große Geburtstagsfeier. Neben Markus unterhielten sich zwei
Abiturientinnen über ihren Religionsunterricht.

„Ich habe ihr gesagt, in der Schule will ich über Religion
informiert werden, damit ich mir mein Urteil bilden kann. Die
tut immer so liberal, aber wenn du nicht zum Ausdruck bringst,
dass Kreuz und Auferstehung dich persönlich betrifft,
versemmelst du dir deine Zensur."

„Kenne ich auch", sagte die andere, „statt dass sie sich freuen,
wenn du dich für Religionswissenschaft interessierst, wollen
sie so eine – wie soll ich sagen – so eine christliche Halleluja

Stimmung."

Markus Blutdruck begann zu steigen. Er stieg weiter, als der
ehemalige Presbyter, der neben ihm saß, erzählte: „Neulich, bei
der goldenen Konfirmation war die Kirche tatsächlich mal
wieder voll. Bei den Älteren gibt es doch viele, die sich
jedenfalls bei besonderen Gelegenheiten wieder sehen lassen.
Leider wird das seltener."

„Woran das liegt, kann ich ihnen sagen",meinte Markus.

„Klären sie mich auf."

Erstens hat die Kirche ihr Verhältnis zur Naturwissenschaft
nicht richtig geklärt. Zweitens nimmt sie die
Entmythologisierung nicht ernst, die Bultmann schon vor
achtzig Jahren gefordert hat. Sie spricht immer noch von
Gottessohn und Himmelfahrt, als lebten wir im mythischen
Zeitalter wie die Menschen vor 2000 Jahren. Drittens tut sie so,
als habe die historisch-kritische Forschung nichts mit dem
wahren Glauben zu tun. Viertens verkauft sie ihre mythischen
Vorstellungen auf einseitig rationale Weise. Weil sie nämlich
fünftens die Anthropologie nicht ernst nimmt, die heutzutage
davon ausgeht, dass Menschen nicht nur über eine rationale,
sondern auch über soziale emotionale und spirituelle
Intelligenz verfügen."

„Interessant", meinte der Presbyter, „was sagen sie denn zum
ungezügelten Wachstum der charismatischen Kirchen und dem
weltweiten Terrorismus?"

Markus holte tief Luft, ehe er einen Exkurs über
dieverschiedenen Stadien der menschlichen
Bewusstseinsentwicklung begann.

„Nehmen wir Afghanistan. Da sind die meisten Menschen nur in der Lage, ihren Clan, ihren Stamm und ihren War-Lord ernst zu nehmen. Ein demokratischer Staat ist jenseits ihres Horizontes, etwa so, als wollte man Kindergartenkindern den Bundestag erklären. Bis man realisieren kann, dass jeder Mensch auf diesem Globus ein Mensch ist und gleiche Rechte hat, ist es ein langer Weg. Und mit der sozialen Entwicklung korrespondiert die religiöse. Die charismatischen Kirchen bedienen ein magisch-mythisches Bewusstsein. Für viele Menschen sind sie angemessen. Nicht aber für uns! Wir sollten unsere hochentwickelte Rationalität mit differenzierter Emotionalität und Spiritualität koppeln statt mit intellektueller Akrobatik alte Mythen am Leben erhalten zu wollen.“

14. Nov. 2016

Am nächsten Tag plagte Markus der Katzenjammer, weil er die Höflichkeit seines Gesprächspartners strapaziert hatte. Wollte er sich als Missionar betätigen?

Nein, ganz bestimmt nicht; aber für sich selbst wollte er Klarheit erlangen. Was war seine Überzeugung, was war das Ergebnis seiner monatelangen Überlegungen? Was war seine persönliche Charta? Er schrieb: Die neue Physik zeigt mir mehr vom Göttlichen als mein überliefertes Christentum. Die Theologie hat mir Gott zum Gottchen gemacht, weil sie ihn definiert und mit Eigenschaften ausstattet. Meine Gottesnamen sind: die Tiefe des Seins, das Numinose, das große Geheimnis. Glauben wie Jesus statt glauben an Jesus erscheint mir richtig.

Ich halte mich selbst wie die meisten Zeitgenossen für einen intellektuellen Primitiven, dessen Vermögen jenseits des Mentalen unterentwickelt ist. Ich bin froh, dass in meinem Land Religionsfreiheit herrscht.Es war ihm als öffneten sich Schleusen. Er spürte eine Welle von Hingabe an die unaussprechliche geheimnisvolle Quelle allen Seins. Und ein Gefühl von Freiheit durchflutete ihn. Er konnte diese Quelle nicht ergründen und er musste es auch nicht. Es genügte, sich ihren tausendmal tausend Wirkungen auszusetzen, sie sich bewusst zu machen und „das Unerforschliche ruhig zu verehren" (35).

22. Nov. 2016

Die Tage waren kurz, die Dunkelheit brach immer früher herein. Markus wanderte durch den Park und wünschte sich, dass etwas passierte. Er war es leid, immer weiter zu theoretisieren, immer neue Systeme abzuklopfen. Konnte Sofia ihn nicht um eine Trance-Reise bitten? Konnte nicht einfach ein echter Schamane am Wegesrand sitzen, ihn mit einer Kopfbewegung auffordern, neben ihm Platz zu nehmen? Markus war bereit für das Wunderbare, das Außergewöhnliche.

29. Nov. 2016

„Ich will sie ernst nehmen, ich will sie ernst nehmen, ich will meine Imaginationen ernst nehmen."

Markus war wild entschlossen, nicht mehr zu denken: „Ist halt ein nettes Gesellschaftsspiel. Der eine geht zur Spielbank, der andere ins Wettbüro und Typen wie ich sehnen sich nach 'höheren Welten'."

Und dann verschluckte der Alltag alle guten Vorsätze. Selbst, wenn er eine Imaginationsübung versuchte, schlief er sanft und selig ein. Das wiederum meinte er den inneren Instanzen oder höheren Mächten nicht zumuten zu können. Also unterließ er die Versuche.

Jedenfalls solange, bis der Unzufriedenheitspegel, dieses Das-kann-doch-nicht-alles-sein so hoch stieg, dass er sich einen Ruck gab.

Er boxte sich einen Nachmittag frei, trank zwei Espresso und begab sich auf die Reise. Schon bald gesellte sich ein Begleiter zu ihm, ein bleiches Gerippe mit Sense und einem Rucksack, in dem die Knochen rasselten. Augenblicklich wusste Markus, dass sein kaputter Lendenwirbel auch dabei war. Als er noch überlegte, ob das ein gutes oder ein schlechtes Zeichen sei, wurde er von Wesenheiten erfasst, die ihn durch einen U-förmigen Tunnel auf eine himmlische Wiese gleiten ließen. Hier war ein wunderbares Grünen und Blühen. Wenn die Pflanzen sich bewegten, entströmten ihnen zauberhafte Melodien. Markus war glücklich. Es gab nichts zu wünschen, zu bedenken, zu tun. Er spürte, wie sich in der Herzgegend etwas öffnete und weitete. Wie sozusagen ein zweites Wahrnehmungssystem spürbar wurde. Zum ersten Mal in seinem Leben bemerkte er bewusst, dass bisher alle Informationen irgendwo im Kopf gelandet waren, während nun so etwas wie ein neues Organ seine Arbeit aufnahm.

Von der Reise zurückgekehrt, fiel ihm der Satz von Saint Exupery ein: „Man sieht nur mit dem Herzen gut." Und später erinnerte er sich an die unsäglichen Herz-Jesu-Bilder, die ihn mit einem strahlenden Herzen in der Mitte der Brust zeigen. Sollte da mehr hinterstecken als dumpfe Volksfrömmigkeit?

Markus ging zur Sparkasse, über den Weihnachtsmarkt, in ein Einkaufszentrum. Der Trubel schien diesem neuen Empfinden von Weite und erhöhter Sensibilität nichts auszumachen. Sogar das Lautsprechergeplärr blieb ohne Einfluss.

War es ein Geschenk, das Markus zuteil geworden war? Ein Geschenk, das er würdigen und nutzen sollte?

Es würde sich zeigen.

18. Dez. 2016

Da in seinem monotonen Alltag weiterhin nichts geschah, begab sich Markus wieder auf eine Reise und landete auf verschiedenen Umwegen bei seinem spirituellem Helfer.

„Was ist für mich heute und hier das Allerwichtigste? Was muss ich als Nächstes tun?"

Zuerst umarmte ihn der Helfer, dann drückte er ihn so zusammen, dass nur ein kompakter, handlicher Würfel übrig blieb. Den sah Markus wie von außen und im Inneren erblickte er ein kleines Kind, ein winziges Etwas.

„Du bist das", sagte sein Helfer, „kümmere dich darum."

Dann begann er an dem Würfel zu lutschen und bedeutete Markus, das Gleiche zu tun. Er schmeckte gefrorenes Wasser, das beim Lutschen zu tauen begann und das Baby frei gab.

„Und nun?", fragte Markus ratlos.

„Nimm es auf den Arm und kümmere dich darum."

„Das ist absolut widersinnig. Ich und so ein Baby."

„Kümmere dich darum, hege und pflege es, denn du bist selbst dieses Kindchen."

„Tut mir leid, ich will nichts damit zu tun haben. Ich habe überhaupt kein Verhältnis dazu."

„Eben. Zu dem Kind in dir hast du keinen Zugang. Es ist eingefroren. Jetzt bist du dran."

Wieder einmal wurde die „Audienz" abrupt beendet.

Entgegen seinen Vermutungen hatte diese Imagination etwas

Befreiendes für Markus. Es war, als würde in seinem Brustkorb sich etwas weiten, spürbarer noch und kräftiger als nach der Herzimagination.

Bisher hatte er sich ironisch über esoterisch angehauchte Zeitgenossen – meist Zeitgenossinnen – geäußert, die immer mit einer Mischung von Betulichkeit und Selbstverliebtheit von ihrem „inneren Kind" sprachen. Mit dieser Fraktion hätte er lieber nichts zu tun.

Dennnoch, dieses Gefühl von Weite, Freiheit, Aufbruch und Neuanfang wurde nicht schwächer, sondern stärker. War eine radikale Kurskorrektur angesagt?, Wollte etwas mitleben, das bisher im ewigen Eis eingeschlossen war?

„Ich könnte meinen Job aufgeben," überlegte er. „Ich könnte zu Fuß die Alpen überqueren." „Warum nicht gleich den Himalaya?" höhnte eine Stimme in ihm, „ für deinen schwachen Rücken sicher das reine Vergnügen."

„Nehme ich mal an, etwas in mir blieb auf der Strecke, konnte nicht wachsen, konnte sich nicht entwickeln. Was ist es?"

Er kramte in Kindheitserinnerungen und blieb bei einem winzigen Ereignis hängen. Er mochte vier Jahre alt gewesen sein, lag in seinem Kinderbett und fühlte sich glücklich. Er begann mit den Armen zu „tanzen", weiche harmonische, elegante Figuren entstanden. Und nach einer Weile war er selbst diese Formen, diese Wellen, dieser himmlisch leichte Flug. Seine Mutter betrat das Zimmer mit einer Tante.

„Lass den Blödsinn", sagte sie scharf und zu der Tante gewendet: „Häkchen muss man beizeiten biegen. Der Satan liegt immer auf der Lauer."

Der Schock saß tief, so tief, dass bei Markus jedesmal, wenn er einen spontanen kreativen Impuls empfand, etwas wie ein Schwert niedersauste und – wie gewünscht – die tabula rasa wiederherstellte.

Seine Mutter war eine „wiedergeborene" Christin, voller Angst, Starrsinn und Rechthaberei.

Was empfiehlt der Schamane in diesem Fall?

„Geh in diese Situation, erlebe sie erneut. Nur so kannst du dich heilen."

Markus gab sich große Mühe, diese Mischung aus Enttäuschung und Resignation, aus verschluckten Tränen und unterdrückter Wut wieder heraufzubeschwören. Er wusste, wie sie sich – wie es sich – angefühlt hatte. Aber er konnte die Gefühle nicht wieder zum Leben erwecken.

22. Dez. 2016

„Ich will die Erfahrungen auf meinen inneren Reisen ernst nehmen. Ich will sie wirklich ernst nehmen." Oft wiederholte Markus dieses Mantra, und bei der ersten sich bietenden Gelegenheit tauchte er ab. Da sein Rücken sich wieder heftiger bemerkbar machte, formulierte er die Frage: „Was kann ich selbst für meinen kranken Rücken tun?"

Nach einer Fahrt durch schon bekannte Gefilde stand er plötzlich vor einer Art Himmelstreppe und wollte hinaufgehen.

„Auf den Knien", sagte eine Stimme und gab den Rhythmus vor: „eins, zwei, Ruhe, eins, zwei Ruhe. Rechtes Knie, linkes Knie, Kopf auf die Stufen." Dabei fühlte er ein angenehmes, warmes Licht auf seinem Rücken. So bewegte er sich nach oben. Es ging leichter als gedacht, obwohl es mehr als seltsam war. Oben angekommen, wiederholte er seine Frage, die Antwort war: „Du hast gerade das Richtige getan."

Und zurück ging es in den Alltag. Getreu seinem Vorsatz: „Ich nehme es ernst" und in Ermanglung einer Treppe übte Markus die Bewegungen auf dem Fußboden. Rechtes Knie vor, linkes Knie vor, ausruhen mit Kopf auf dem Teppich. Dabei stellte er sich das Licht vor, das seinen kranken Wirbel wärmte.

„Ob sich nun etwas tun würde?" fragte er kritisch. Es konnte sein, es konnte nicht sein. Jedenfalls war es angenehm.

Nachmittags im Trubel der Großstadt überfielen Ihn die eingefrorenen Kindheitsgefühle: „Ich bin nichts, ich kann nichts, ich tauge nichts." Dieser Zustand wurde aber erstaunlicherweise von einem gänzlich anderen abgelöst: „Mag es so sein, wie meine Kindheitsgefühle suggerieren. Jedenfalls lässt diese Gesellschaft mich mitspielen. Sie hat mir meinen Platz zum Geld verdienen gegeben. Ich kann alle Straßen, Unis, Bibliotheken, Museen, Kaufhäuser benutzen wie jeder andere auch. Niemand prüft dabei, ob ich schön, gesund, fromm oder intelligent genug bin. Ich habe das Recht, hier zu sein. Für dieses Recht muss niemand – ob Gott oder Mensch sein unschuldiges Blut vergießen. Himmel, was man uns da früher erzählt hat."

Wieder hatte Markus dieses Gefühl von Weite in der Mitte der Brust. Es war nicht „sein Verdienst und Würdigkeit". Er musste es nur zulassen.

27. Dez. 2016

Obwohl es seine ureigensten Interessen betraf, hatte Markus die Bilder und Worte seiner letzten Jenseitsreise fast schon wieder vergessen. Um was ging es noch? Ach ja, um alte Kindheitswunden in Bezug auf seinen Rücken. Seine Reaktionen waren heftig gewesen. Wie konnte er das nur wieder vergessen – oder verdrängen?

Er entschloss sich, noch einmal mit der Frage: Haben meine Rückenschmerzen etwas mit alten Wunden aus der Kindheit zu tun? „auf Reisen" zu gehen. Seine Begleiter wurden abgelöst von geisterhaften Gestalten, die an den Dunkelengel auf einem Bild von Matthias Grünewald erinnerten. Auf Anweisung seines inneren Führers betteten sie ihn auf eine warme Sandbank. Es war so angenehm, dass Markus einschlief. Er ärgerte sich beim Aufwachen gründlich über sich selbst und beschloss die Reise fortzusetzen – falls das möglich war. Die geistigen Kräfte waren ihm wohlgesonnen. Sie ließen ihn über die Berggipfel einer lichtlosen schwarzen Landschaft fliegen. Er hatte keine Angst abzustürzen. Er spürte auch keine Angst, als er anschließend zusah, wie er selbst zerstückelt, seine Knochen in einen Topf geworfen und tüchtig geschüttelt wurden. Danach wurden die Wirbel, von wem auch immer, sorgfältig wieder zusammengesetzt. Als er glaubte, die „Audienz" sei beendet, erschien sein geistiger Führer mit einem strahlenden Diamanten in der Hand, den er an die schmerzende Stelle in seinem Rücken setzte. Er wies ihn an, niemals zu vergessen, dass er nun in seinem Rücken einen heilenden Diamanten habe.

02. Jan. 2017

Nach langer Zeit trafen sich Markus und Max, der Polizeibeamte, wieder einmal.

„Was sagst du zu dem Anschlag in Berlin?" fragte der.

„Was soll ich sagen. Offensichtlich war niemand da, bei dem rechtzeitig die Alarmglocken klingelten."

„Wie war es denn bei dir? Hast du irgendetwas bemerkt, hattest du irgendeine ungewohnte Empfindung, ein inneres Bild, das du jetzt im Nachhinein deuten kannst?"

„Ehrlich gesagt: ich habe nichts bemerkt, einfach gar nichts. Oder, falls da etwas war, dann so weit im Unbewussten, dass es keine Chance hatte, das Licht des Bewusstseins zu erblicken. Kurz gesagt: bis Berlin reichen meine Antennen nicht."

„Es hätte so eine Art Swedenborg geben müssen" (36), überlegte Max. „Ist doch seltsam, dass bei den hunderten von Geistheilern, Telepathen und Erleuchteten niemand dieses Massaker vorausgesehen hat. Es hätte ja schon gereicht, wenn nach dem Mord an dem polnischen Trucker bei irgendeinem Sensitiven die Sicherungen durchgebrannt wären."

„Möglicherweise hat es Warnungen gegeben", meinte Markus, „ aber die Polizei hat sie nicht ernst genommen."

„Mag sein. Weißt du, was mich beschäftigt? Man könnte diese ganze spirituell angehauchte Zunft im Sinne von Bürgerengagement mal animieren, ihre Fähigkeiten in den Dienst der Allgemeinheit zu stellen, sozusagen als zusätzliche Erkenntnisquelle für die Sicherheitskräfte."

„Erstaunlich, dass noch niemand auf die Idee gekommen ist."

„So ganz stimmt das nicht. Es gab immer schon mal solche Überlegungen. Aber in der Praxis waren die Ergebnisse so fehlerhaft, dass diese Spur nicht weiter verfolgt wurde. Was nicht heißt, dass ein neuer Versuch gestartet werden könnte."

Max zeigte ein breites Grinsen: „Wir beide könnten damit anfangen."

„Bewahre", rief Markus, der nicht die geringste Lust verspürte, sich in diese Richtung zu bewegen. Seine Selbstexperimente und seine gemeinsamen Erfahrungen mit Sofia wollte er auf gar keinem Fall einem solch ungewissen Unternehmen opfern. „Warum bist du so abweisend?" fragte Max.

Markus schwieg eine Weile und versuchte in seinem Inneren zu erspüren, was das Ansinnen des Profilers mit ihm machte.

„Meine Seele ist einer so außergewöhnlichen Aufgabe nicht gewachsen. Ich bin kein Prophet. Mir würde es schon reichen, wenn ich meinen Rücken vor dem Chirurgen retten könnte."

„Du könntest deine Fähigkeiten trainieren, deine Begabung ist ja offensichtlich."

„Sollte so etwas auf meinem Weg liegen, werde ich es schon merken", meinte Markus sichtlich genervt.

„Gut vergessen wir das. Abgesehen vom Wohl der Menschheit bin ich persönlich an deinen schamanischen Experimenten und Erfahrungen interessiert. Du musst mir abnehmen, dass ich sie in keiner Weise für spinnert halte. Im Gegenteil bin ich inzwischen überzeugt, dass auch mir der Schamanismus weiterhelfen könnte, ganz existentiell."

„Auf der Ebene können wir uns bestimmt gut verstehen", meinte Markus, „willkommen im Club".

05. Jan. 2017

Wie konnte das nur passieren? Markus hatte seinen Kollegen eine Mail mit einem nicht korrigierten Anhang geschickt. Der Ärger war vorprogrammiert. Er hätte im Erdboden versinken mögen. Seine Schuld- und Schamgefühle waren ätzend. Sie bissen sich in seinem Inneren fest. „Mein Gott", sagte sein Verstand, „das kann doch jedem mal passieren. Sie wissen schließlich alle, dass ich mich bemühe, meine Aufgaben sorgfältig auszuführen. Es wird mir schon keiner den Kopf abreißen wegen so einem Ausrutscher."

Er wusste, dass es so sein würde. Dennoch wurde das beißende Gefühl stärker, so als nage etwas an seinen Eingeweiden und fräse sich in seinen Bauch.

Dazu höhnte es in seinem Kopf: „Da hast du's wieder, du Versager. Nicht mal die einfachsten Aufgaben kriegst du auf die Reihe."

Das Vernichtungsgefühl wurde stärker. Markus biss die Zähne zusammen. Wenn seine neuen Erkenntnisse etwas taugten, dann sollten sie sich jetzt bewähren.

Also rationalisierte er seine Befindlichkeit nicht und drängte sie nicht weg. Er ließ sich in das Gefühl fallen, ein Versager und Idiot zu sein.

Da blitzte plötzlich eine Frage in ihm auf. „Sollten diese tiefsitzenden Ängste, schuldig und damit ausgestoßen zu sein, die Grundlage der Rede von Schuld, Sühne und Gnade im christlichen Glauben sein? Bloß jetzt nicht philosophieren", ermahnte er sich, „bleib bei deinem persönlichen Problem."

Und so tat er das für ihn Naheliegenste, er ging auf eine innere

Reise.

Auf seine Frage:" Was ist mit meinen Schuld- und
Schamgefühlen"? erwartete er eine Abfolge von Bildern, die
ihn zu traumatischen Erfahrungen seiner Kindheit führen
würden. Nichts dergleichen. Er hörte eine Stimme, die sagte:
„Scham- und Schuldgefühle fördern die Nächstenliebe."

„Das verstehe ich nicht", sagte er.
„Es fördert die Demut, wenn du dich diesen Empfindungen
stellst. Es wird leichter, sich mit anderen in ähnlichen
Situationen solidarisch zu fühlen. Und mehr Empathie bedeutet
mehr Nächstenliebe." Noch immer wurde Markus die
beißenden Gefühle nicht los. Die geeignete Projektionsfläche
dafür war seine religiöse Sozialisation. Gerade wurde ja das
Reformationsgedenkjahr eingeläutet zur Erinnerung an den
Thesen-Anschlag in Wittenberg. War nicht dieser Luther von
klein auf in „Furcht und Zittern" aufgewachsen? Hatte seine
Mutter ihn nicht gestäupt wegen einer genaschten Nuss? Und
die „Mutter Kirche", hatte die nicht noch eins drauf gesetzt mit
ihren endlosen Bußübungen (37)? Wahrscheinlich konnte man
daher – wie der Apostel Paulus – auf die Idee kommen, vor
Gott „gerecht" werden zu können, entweder durch gute Werke
oder durch Glauben. Gerecht werden gegenüber der „Tiefe des
Seins" (38), gegenüber dem „grundlosen Grund" der Mystiker?
War nicht das Äußerste, was man als Gegenüber dieses
schöpferischen Geheimnisses ausdrücken konnte, das „Gefühl
schlechthinniger Abhängigkeit" (39)?Als Markus so weit in
seinen Überlegungen gekommen war, fiel ihm wieder der
Grundlagentext der EKD „Für uns gestorben" aus dem Jahr
2015 ein.

Da wurde die menschliche Sündhaftigkeit für so bodenlos erklärt, dass Gott selbst in Form seines Sohnes am Kreuz Buße leisten musste.

„Ich kann gegen diese Lehren rebellieren, soviel ich will", dachte er weiter, „sie haben eine große Tradition, sind Teil des kollektiven Gedächtnisses und fußen – ich habe es ja gerade gemerkt – auf Konstanten der menschlichen Natur. Nur würde ich niemals auf die Idee kommen, von einem himmlischen Wesen begnadigt worden zu sein. Und das auch nur, wenn ich eine Tatsache glaube, die mir nicht einleuchtet."

Nein, diese Interpretationen bewirkten bei ihm nur Abwehr, kein Gefühl der Erleichterung, der Befreiung, geschweige denn der Freude.

Aber das Thema ließ Markus keine Ruhe. Denn auch in den aufgeklärten Gesellschaften war das Schuldigsprechen ein Volkssport: Die Banken, die Reichen, das System, die Steuersünder, die Medien, die Politiker, überhaupt die anderen.

Die Entlastungsgefühle für den einzelnen waren jeweils grandios. Änderten die kirchlichen Lehren irgendetwas an diesen Mechanismen? Bei Lichte besehen konnte man gut auf sie verzichten, denn die „anderen" sprachen jeden „anderen" (Sartre) zuverlässig schuldig, ganz ohne Schlange und ungehorsame Frau.

10. Jan. 2017

Wieder drängte sich bei Markus der Rücken in den Vordergrund. Er machte seine Visualisierungen: Liquor floss die Wirbelsäule hoch, durch den Kopf und wieder nach unten. Im Moment angenehm aber wirkungslos. Er erinnerte sich an den Edelstein, den ihm die Jenseitigen anstelle des instabilen Wirbels eingesetzt hatten. Wirkungslos. Er hatte sich das Bild einer gesunden Wirbelsäule über den Schreibtisch gehängt und seinen Namen darauf geschrieben. Wirkungslos. Was geholfen hatte, war Einrenken und Diclophenac. Gegen den Rat einer ziemlich lauten Stimme: „Lass es einfach", ging er doch wieder „auf Reisen". Er landete bei Orten seiner Kindheit und dem alles durchdringenden Gefühl, am Rande zu stehen: beim Fussballspielen, beim Rodeln, bei Geburtstagsfeiern. Auch die vergeblichen Versuche, ein klein wenig Zärtlichkeit bei seinen Eltern zu erlangen, erlebte er wieder. All das war so lebendig, als spiele es jetzt, in diesem Augenblick. Es gab aber eine Ausnahme bei dieser niederdrückenden Rückschau, und das war das Völkerballspiel. Da war er gefragt wie kein anderer, weil er mit traumwandlerischer Sicherheit Bälle fing und Tore warf. Das ging solange gut, bis er auf Anweisung des Sportlehrers begann, über die Regeln und ihre korrekte Anwendung nachzudenken. Aus der Traum – auch dieser. Immer neue Szenen drängten in sein Bewusstsein, grau, freudlos, tränenlos.

„Stell dich deinen Gefühlen", mahnte eine Stimme.

Zurückgekehrt in den Alltag fühlte sich Markus so leer und gelangweilt, wie beim Besuch einer Großtante im Altersheim. Aber er versuchte, nach seinen Gefühlen zu fahnden. Und später, beim Weg in ein Einkaufszentrum überfielen sie ihn in

Form einer unsäglichen Traurigkeit über so viel Freudlosigkeit und Einsamkeit bei dem pflichtgemäßen Versorgtwerden durch seine Erziehungsberechtigten.

11. Jan. 2017

So schön die Reisen ins Innere waren, immer häufiger hatte Markus das Gefühl zu übertreiben. Er fühlte sich dann wie nach einer opulenten Mahlzeit. Trotzdem unternahm er einen Versuch in der Hoffnung, Hinweise für Möglichkeiten zu erhalten, wie er seinen Schülern etwas mit auf den Lebensweg geben könne. Es wunderte ihn nicht, dass das Bild unklar und die Landschaft schwärzlich war. Niemand war zu einer Auskunft bereit.

„Aha", dachte er, „wenn sie nicht wollen, dann wollen sie nicht. Wer ist der Bittsteller? Das bin ja ich. Nun, wenn ich keine Auskunft bekomme, muss ich mir selbst etwas einfallen lassen."

Und es fiel ihm etwas ein. Gerade war er von Freunden per Mail zur Gründungsversammlung einer neuen Partei eingeladen worden. Und da er deutlich das Gefühl hatte, die Phase seiner starken Introversion sei zu Ende, nahm er mit Sofia an der Veranstaltung teil – und war begeistert. Es sollte bei dieser Partei nicht um neue Inhalte, sondern um neue Verfahrensweisen für Bürgerbeteiligungen gehen.

Wie von selbst ergab sich für Markus die gesuchte Unterrichtseinheit: Er würde die Schüler den Text von Heiner Geißler „Sapere aude" - Wage zu denken – lesen lassen (40). Dann mit einem kurzen Rückblick auf Kant den Text besprechen. In einem dritten Schritt würde er auf die aktuelle

Lage und mögliche Realisierungen eingehen. Mit Elan machte er sich an die Arbeit. Zuerst entwickelte er ein Schaubild, um das Prinzip der neuen Partei zu verdeutlichen: In den Wahlkreisen mit jeweils ca. 150 000 Wahlberechtigten werden von der neuen Partei Bürgerversammlungen initiiert, die 14-tägig stattfinden. Hier werden Vorhaben diskutiert, die im Bundestag zur Abstimmung anstehen. Dann wird abgestimmt. Wer ist beispielsweise für die Einführung der Maut, wer ist dagegen, wer enthält sich. Ergibt sich bundesweit unter Umständen ein Ergebnis von 70% Ja-Stimmen, 25% Nein-Stimmen und 5% Enthaltungen, werden die Abgeordneten der neuen Partei entsprechend im Bundestag votieren. Es gibt keinen Fraktionszwang. Die Bürgerversammlungen sind für jedermann zugänglich, so dass sich ein ziemlich genaues Bild der augenblicklichen „Volksstimmung" ergeben kann.

Markus hatte sich nicht getäuscht. Seine Schüler ließen sich auf das Thema ein. Die Aufforderung: Wie würdet ihr eine Homepage für diese Partei gestalten, wurde aufgegriffen. Es gab ein echtes Brainstorming:

Ich würde die Partei Mitbestimmungspartei nennen.

Eine Partei für aktive Demokraten, die nicht auf Populisten warten.

Ein dynamisches Konzept zur Vitalisierung der Demokratie.

Demokratie reloaded.

Update für die Demokratie.

Einige wollten bei der Gründungsversammlung dabei sein, andere wollten Flugblätter verteilen, Infostände einrichten und Plakate für eine Demo basteln.

Markus bedankte sich bei seinen inneren Instanzen für ihr Schweigen, setzte sich an den PC und gab die Ergebnisse des Brainstormings weiter.

13. Jan. 2017

Markus saß im Bus, hatte keine Lust zu lesen, keine Lust, über etwas nachzudenken

- eine günstige Gelegenheit, die Herzübung (41) zu machen:

Konzentriere dich auf dein Herz und deinen Solarplexus. Atme zehn Sekunden oder länger Liebe und Wertschätzung durch diesen Bereich.

Tatsächlich hatte er beim Ausatmen das Gefühl, als breite sich ein pulsierendes Licht von seiner Herzgegend her aus. Einatmen, Ausatmen, das warme Licht genießen. Die Fahrt verging wie im Flug.

Zu Hause öffnete er die Post. Da war nichts mehr mit Liebe, Wertschätzung und pulsierendem Licht. Eine förmliche Zustellung von einem gegnerischen Rechtsanwalt, der Kosten und Säumniszuschläge für seinen Klienten wegen einer Mietangelegenheit verlangte.

War sein eigener Anwalt untätig geblieben? Markus fiel wie üblich in ein tiefes Loch: Angst vor den Kosten, Ärger über sich selbst, Wut auf den Kontrahenten und vor allem wieder dieses Gefühl von Scham.

„Wieder einmal habe ich mich blöd verhalten. Kann ja auch nur mir passieren. Wie stehe ich jetzt da?"

Nicht zum ersten Mal fiel ihm der mittelalterliche Pranger ein, in dem man gefangen, schutz- und hilflos den Gaffern ausgesetzt war.

„Okay, jetzt oder nie mache ich diese Herzübung ernsthaft.“

Als Erstes verschaffte er sich Klarheit über die mit dem Problem verbundenen Gefühle. Atmete so, wie er es gerade genüsslich während der Busfahrt geübt hatte. Versuchte das Problem wie aus der Sichtweise eines anderen Menschen zu sehen und die „verwirrten“ Gefühle im Mitgefühl des Herzens einzuweichen. Bat um Führung und Einsicht. Und suchte nach etwas, das er im Augenblick wertschätzen konnte.

Tatsächlich gelang es ihm, diese lästige Angelegenheit als Übungsmöglichkeit zu sehen. Das erleichterte ihn etwas, wenn auch in der Tiefe die Unruhe blieb. Auch ein wenig Humor kehrte zurück. Denn er hatte am Nachmittag doch wieder eine „innere Reise“ unternommen. Ohne erkennbares Ergebnis. Einzig mit dem Hinweis: „Erledige deine Dinge. Dann wirst du schon sehen.“

17. Jan. 2017

War das nun das Ergebnis aller inneren Reisen, aller aktiven Imaginationen?

Markus Rückenschmerzen wurden so stark, dass er nicht einmal mit einem Stock ein paar Schritte gehen konnte. Mit Hilfe von Physiotherapie und energetischer Heilung kam er nach ein paar Tagen wenigstens bis zur nächsten Bushaltestelle. Noch nie hatte er so intensiv über die Wohltaten eines Rollators nachgedacht.

War seine neue Erkenntnisquelle, waren all die inneren Bilder und Gespräche nichts weiter als Schall und Rauch?

Egal, er versuchte es erneut. Im Nu fand er sich in der Rüstung eines Kreuzritters wieder. Eine dunkle zugewandte Gestalt trug ihn an einen Ort weder hell noch dunkel, weder erkennbar noch beschreibbar. Der Begleiter begann, an seinem Rücken zu ziehen. Er zog und zog so etwas wie eine unendliche lange Schriftrolle aus seinem Rücken heraus.

„Was ist das?" fragte er.

„Das sind die vielen Situationen, wo du dich klein gemacht hast, wo du nicht zu dir selber gestanden hast, wo du dich verkrochen hast, wo du bewiesen hast, dass dir jegliches Urvertrauen fehlt."

„Nimmt das denn gar kein Ende? Himmel, was kommt nun?" In das Ende der Rolle hatten sich Schlangen verbissen, die nun aus seinem Rücken hervorquollen. „Sieh dir das an. Mit deinen Versagensängsten, mit deiner Mutlosigkeit hast du sie gefüttert." Dann schoss aus dieser schwarzen Höhle so etwas wie ein roter Drache hervor und verbiss sich in der Hand des

Begleiters. Der schüttelte ihn lässig ab und zeigte Markus, wie sich in der entstandenen Kaverne neue Zellen bildeten und sich zu Geweben zusammenschlossen.

„Nun geh nach Hause und verkriech' dich nicht mehr. Mach das, wozu du da bist. Du siehst doch, wie die Weltanschauungen alt geworden sind, leiste deinen Beitrag zur Erneuerung."

Markus setzte sich hin und schrieb die Worte auf, die sein Begleiter gesagt hatte.

19. Jan. 2017

Am liebsten hätte Markus sein gesamtes Innenleben auf sich beruhen lassen, aber die Imaginationen waren so heftig, dass er sich ihnen widerstrebend zuwandte.

Er las „Scham-Angst" von Mario Jacobi und forschte in seinen Erinnerungs-Archiven nach Indizien für mangelndes Urvertrauen. Seine erste Erkenntnis war, dass er bei allem Interesse für psychologische Fragen um dieses Thema immer einen weiten Bogen gemacht hatte. Jetzt aber fühlte er so etwas wie Kampfgeist in sich aufsteigen. Endlich ergriff er nicht mehr die Flucht, sondern stellte sich dem Drachen. Die sprachlose, graue, gestaltlose Traurigkeit seiner Kindheit stand ihm gegenüber. „Okay", sagte er, „da bist du. Ich sehe dich. Ich akzeptiere dich, du bist ein Teil von mir."

Dann ergriff ihn wieder Verzweiflung. Was hatten sie gebracht, all diese Frömmigkeitsübungen, die endlosen Gottesdienstbesuche, die immer neuen Versuche, verstehen zu wollen, was das „Frohe" an der Botschaft war, von der immer die Rede war? Nochmals bekräftigte er vor sich selbst: „Okay, so war es. Ich durfte nicht fragen, weil Fragen überhaupt verboten war; es zeugte von teuflischer Intelligenz. Böses Schweigen. So war es, ich akzeptiere." Es verwunderte ihn, wie er mit so viel innerer Leere dennoch „seinen Weg gemacht hatte", wie man so sagt. Aber nun war wohl das „Ende der Fahnenstange" erreicht. Es sei denn, es gelänge ihm, sich jenseits seines tiefen Mangels an Vertrauen irgendwo zu verankern. Boten seine inneren Repräsentanten den festen Grund, den ihm weder das gläubige Vertrauen auf Gott den Herrn noch auf den „Gott der Philosophen" gegeben hatte und das ihm die postmoderne Gesellschaft mit ihrer Beliebigkeit erst recht nicht gab?

„Es hilft nichts", sagte er sich „ich muss es probieren. Ich sage: Es gibt Urvertrauen und auch ich kann es erleben. Die geglückten oder missglückten Interaktionen in der frühen Kindheit sind schließlich kein unabänderliches Schicksal. Ich war nun mal nicht 'der Glanz im Auge meiner Mutter' (42). Und unzählige Andere waren es auch nicht. Wer weiß übrigens, ob unsere Mütter 'der Glanz im Auge ihrer Mütter' waren?"

Der aaronitische Segen fiel ihr ein: „Der Herr lasse sein Angesicht über dir leuchten und sei dir gnädig." Schön, aber offensichtlich nicht ausreichend.

Seufzend begann Markus seine Erkundung von Neuem. Obwohl er sich viel lieber ausschließlich mit der Gründung der neuen Partei befasst hätte. Er beneidete Sofia, die sich da voll engagierte.

24. Jan. 2017

„Man muss etwas tun. Ich muss etwas tun", dachte Markus, „ist eine Partei das Richtige?"

Und wieder fragte er sich, was er mit seinen Schülern erarbeiten sollte, um ihnen für ihr Leben etwas mitzugeben. Beeinflussung, Manipulation, Lügenpresse, postfaktisch, alternativfaktisch, Meinungsmache, „Was ist Wahrheit?", die Frage des Pilatus.

Schlussendlich landete er bei Ken Wilbers Abhandlung über die Postmoderne in „Naturwissenschaft und Religion" (43). Ja, so könnte es gehen.

Der Zufall kam ihm zu Hilfe. In einer Gruppe von Kollegen behauptete jemand, der Terroranschlag in Berlin am 19. Dez. 2016 habe gar nicht stattgefunden. Allgemeine Verblüffung über die zunehmenden Auswüchse der Verschwörungstheorien.

„Fotos zeigen eindeutig, dass der Laster den Weg über den Weihnachtsmarkt nicht so nehmen konnte, wie offiziell behauptet wird." Niemand habe Schmerzensschreie gehört.Auch habe es keine Fotos von Toten und Verletzten gegeben. Außerdem seien nirgendwo Namen genannt worden. Die Blumen und Kerzen seien eindeutig arrangiert worden. Im Übrigen erinnere das gesamte Setting an Nizza: Lastwagen in die Menge. Täter auf der Flucht. Später findet man erstaunlicherweise einen Personalausweis. Der angebliche Täter werde erschossen.

Da platzte einem Anwesenden der Kragen: „Mein Bruder ist Notfallseelsorger, den werde ich fragen."

Ein anderer wurde noch massiver: „Mein Schwiegersohn ist Krankenhausarzt in Berlin-Mitte Hier wurden drei Verletzte behandelt. Einer musste in der Nacht noch operiert werden."

Und nun der Clou. Sagte der Anschlagsleugner: „Na gut, dann haben wir zwei Narrative. Wir sollten nicht auf der Ebene diskutieren, ich oder du haben Recht, sondern auf einer Meta-Ebene."

Markus würde über ein aktuelles Zitat von Ken Wilber mit seinen Schülern sprechen:

„Die Geburt einer postfaktischen Kultur.

Die Befürworter des Brexit haben offen zugegeben, dass sie Aussagen verbreiteten von denen sie wussten, dass diese nicht 'wahr' sind. Sie taten dies 'weil es in Wirklichkeit keine Fakten gäbe' und weil das, was wirklich zählt, das ist 'woran wir wahrhaftig glauben' (einer von ihnen sagte bezeichnenderweise, 'Ich habe meinen Lacan gelesen – es kommt darauf an, die Erzählung zu steuern' – und Lacan war einer der führenden Postmodernisten). Narzissmus ist, mit anderen Worten, der entscheidende Faktor. Dasjenige, von dem ich möchte, dass es wahr ist, das ist in einer postfaktischen Kultur wahr. Trump ist da ganz offen, er lügt mit fröhlicher Hemmungslosigkeit. Während der Trump-Kampagne gab es Zeitungen, die tagtäglich die Lügen zählten, die Trump verbreitete. 'Gestern waren es 17 Lügen. Heute waren es 15 Lügen.' Und doch kam bei Umfragen immer wieder heraus, dass die Menschen das Gefühl hatten, dass Trump 'wahrhaftiger' wäre als Hillary Clinton (welche, unabhängig von der Atmosphäre der Korruption, die ihr folgte, wie viele glaubten, nicht unverhohlen und explizit log, jedenfalls nicht annähernd so wie Trump). Doch die Menschen hatten bereits den Wechsel von „faktischer Wahrheit' zu 'was ich sage ist wahr' vollzogen und Trump sagte seine 'Wahrheit' sehr viel überzeugender und leidenschaftlicher als Clinton dies konnte, und daher ist Trump in einer Kultur ohne Wahrheit 'wahrhaftiger'. In einer Kultur des Nihilismus und einer Atmosphäre aperspektivischen Wahns, wo keine wirkliche Wahrheit existiert, wird das zur Wahrheit, was ich mir leidenschaftlich wünsche – und so ist der Narzissmus der Hauptbestimmungsfaktor in einem Meer von Nihilismus" (44).

02. Febr. 2017

An diesem Abend wurde Markus von Sofia überrascht.

„Ich glaube, meine intuitiven Fähigkeiten verbessern sich. Stell dir vor, was ich in meinem Geomantiekurs erlebt habe. Wir sollten uns den Engel des Hauses vorstellen, in dem wir zusammen waren. Ich mache es kurz. In meiner Vorstellung führte mich der Engel zu einem Rasenstück und zeigte mir die Stelle, wo eine Quelle entsprang. Unser Leiter bat mich, der Gruppe diesen Ort zu zeigen; das fiel mir nicht schwer. Allerdings war da gar keine Quelle zu sehen, sondern eine sattgrüne Raseninsel inmitten von winterlichem, welkem und bräunlichem Gras und auf diesem Inselchen jede Menge Kaninchenköttel. Die Erklärung unseres Geomanten war verblüffend: Quellen kämen nicht jederzeit, oft nur unter bestimmten Bedingungen, bis an die Oberfläche. Aber über ihnen sei der Boden immer etwas wärmer als die Umgebung. Darum wachse hier im Januar das Gras und die Tiere liebten diese warmen Plätzchen. Na, was sagt der Schamane?"

Markus überlegte eine Weile und sagte dann: „Die Schamanen sprechen von Krafttieren und Geistführern, die Dichter vom genius loci, die Indigenen von Mana, die Religionen von Heiligen, Engeln und Göttern. Ich glaube inzwischen, dass alle sich je nach kulturellen Besonderheiten auf dieselbe Wirklichkeit beziehen. Ist doch egal, ob ein Engel oder ein Krafttier etwas Hilfreiches bewirkt."

„Ich werde dies Erlebnis mal in meinem Herzen bewegen", meinte Sofia nachdenklich.

05. Febr. 2017

Erneut in den Armen (oder Fängen) der Schulmedizin mit dem ganzen Programm, fand Markus es wieder einmal an der Zeit, Kassensturz in Sachen Schamanismus zu machen. Hatte ihm dieser Ausflug etwas gebracht? Was hatte er ihm gebracht? Gesundheitlich ging es ihm nicht besser – jedenfalls, was seine körperliche Gesundheit betraf. Und sonst?

O ja. Da gab es Positives zu vermerken. Die „inneren Reisen" hatten seine Selbsterkenntnis in einem Ausmaß erweitert, das er nicht für möglich gehalten hätte. Für den Mut, sich mit seiner Verlassenheits- und Schamproblematik zu befassen, klopfte er sich selbst auf die Schulter. Der Zuwachs an innerer Freiheit, der ihm nach diesem „Drachenkampf" zugefallen war, würde wohl dauerhaft zu seiner Persönlichkeitsausstattung gehören.

War er nun zum Schamanen geworden? Das würde er weit von sich weisen. Aber die Beschäftigung mit dem Schamanismus hatte ihm Defizite seiner eigenen Kultur deutlich vor Augen geführt: Es war die Vernachlässigung und Unterbewertung des seelischen Lebens und der „inneren Bilder", die nur in therapeutischen und esoterischen Räumen ein Schattendasein führen durften.

Markus stellte sich vor, was geschähe, wenn die Jugend vom Kindergarten an in der Kunst der Imagination unterwiesen würde. Wenn das „innere Fernsehen" genau so ernst genommen würde wie die MINT-Fächer (Mathe, Informatik, Naturwissenschaften, Technik).

So weit in seinen Überlegungen gekommen, trieb die Erinnerung an die Aussagen einiger Theologen seinen

Blutdruck in die Höhe mit Aussagen wie: „Mystik ist eine Loslösung von der Außenwelt und ein Rückzug in den Innenraum. Sie ist schlimmer als Pharisäismus" (Karl Barth). Sie ist „die feinste, sublimste Form der Naturvergötterung, des Heidentums, der Geistverdinglichung – Die Irrationalität des Gefühls" (E. Brunner). „Mystik eilt an Geschichte und Gemeinschaft vorbei" (F. Gogarten) (45).

War nicht die Spiritualität das Herz einer jeden Gesellschaft oder anders ausgedrückt: das Salz in der Suppe? Und hatte nicht schon Jesus gesagt: „Wenn aber das Salz dumm wird, womit soll man es salzen?

Nach seinem Ausflug in den Schamanismus und den intensiven Erfahrungen wurde ihm klar, welches Unheil entsteht, wenn die mythischen Bilder in ein dogmatisches Korsett gepackt werden, um dann zu behaupten, mehr brauche der Mensch nicht zum „Glauben". Hier vermeinte er den tiefsten Grund für die Entfremdung vom „bildernden Seelengrund" zu finden. Statt zu sagen, schaut euch die großen Gestalten unserer Tradition an, wie sie sich auf den Weg gemacht haben, das Heilige, die Tiefe des Seins, den grundlosen Grund zu erfahren und lasst uns dann selber Erfahrungen machen und austauschen, wurde die „moderne Fremdheit" gegenüber den „Glaubensinhalten" bedauert, verbunden mit der Forderung, diese „Fremdheit" auszuhalten (46). Denn anscheinend waren nur die richtigen Begriffe und die richtigen „biblischen Befunde" konstituierend für den wahren, wirklichen, richtigen Glauben.

Ein Lichtblick in dieser düsteren Landschaft schienen Markus die Worte des großen Theologen Karl Rahner zu sein: „Der Fromme von morgen wird ein 'Mystiker' sein, einer, der etwas 'erfahren' hat oder er wird nicht mehr sein" (45).

Traf das auf Markus zu? Er hatte erlebt, dass nicht nur Krafttiere, wie bei den indigenen Völkern, sondern heilige Gestalten, Personifizierungen seiner christlichen Vergangenheit, zum Leben erwachten und Rat und Hilfe spendeten. Oft allerdings in verschlüsselter Form. Er hatte erlebt, dass das Wort: „Klopfet an, so wird euch aufgetan", kein leeres Gerede ist. Dass es einen wirklichen Vorgang beschreibt, der wirkliche Erfahrungen ermöglicht. Immer klarer wurde ihm, dass die Kräfte und Wesenheiten, die die Welt durchziehen von den verschiedenen Kulturen in verschiedenen Formen erkannt wurden. Ein Krafttier, ein Zauberer Merlin, ein Erzengel konnten Ausdruck derselben transpersonalen Erfahrung sein. An den Wirkungen war jeweils zu erkennen, um wess' Geistes Kind es sich handelte.

Es gab eine weltumspannende spirituelle Oekumene weit über die organisierten Religionen hinaus. Im Zeitalter der Globalisierung war es möglich, das zu erkennen. Und es gab keine Rechtfertigung für die differenziert ausformulierten Religionen in Ost und West, sich an überkommenen Positionen festzuklammern, statt das zu tun, was Not tat, eine neue Mystik zu etablieren. „Du schwadronierst", sagte Markus sich selbstkritisch „werd' mal praktisch als jemand, der das ganze kirchliche Programm durchlebt hat und sich fragt: Was nun?"

Er stellte sich vor:

Es ist Sontagmorgen. Die Glocken läuten zum Gottesdienst. Durch einen blühenden Garten geht er zum Eingang eines hellen, lichtdurchfluteten Gebäudes. Im Eingangsbereich duftet es nach Kaffee und Tee. Im Hauptraum umfängt ihn Licht,

Weite und Stille. Stühle, Kissen und Liegen können nach eigenem Bedürfnis platziert werden. Nach einer Weile erfüllen Klangschalen mit ihren verschwebenden Tönen den Raum. Danach herrscht wieder Stille. Eine Stille, die durch die Anwesenheit vieler Menschen noch gesteigert wird. Ein Gongschlag gibt das Zeichen für den Beginn der Reise nach innen. Nach einer Weile verlassen die ersten Besucher den Raum, weil sie sich durch so viel Zeit für sich selbst überfordert fühlen. Die Meisten aber bleiben, bis der Gong sie zurück ins Hier und Jetzt ruft. Manch einer geht nun zum Getränkestand oder in den Garten oder nach Hause.

Die Anderen treffen sich in kleinen Nebenräumen, um ihre Erfahrungen auszutauschen. Ein Poster an der Wand bildet mit seinem Spruch: „Fürchtet euch nicht, ich bin bei euch alle Tage bis an der Welt Ende" den Fokus für das heutige Gespräch. Ein Moderator, der sich freiwillig zur Verfügung gestellt hat, achtet auf einen harmonischen Verlauf der Diskussion. Es gibt Schilderungen von „inneren Reisen", Anstöße und Überlegungen zu aktuellen Fragen.

Derweil wird in einem anderen Raum gesungen, und der große Saal ist jetzt erfüllt von Musik, die viele Menschen anzieht. Kleine Kinder beginnen zu tanzen. Ihre Bewegungen sind gelöst nicht hektisch.

„Und wo bleibt das 'Proprium', das Eigentliche?" fragte Markus sich. „Das hier ist das Eigentliche", dachte er trotzig „Eine Gruppe von Menschen bezieht sich auf die Tiefe des Seins, feiert ihre Gemeinschaft und denkt über Vergangenheit und Gegenwart nach." Dann gibt es Mittagessen. Das wird von Singles und Familien mit Kindern gern angenommen. Die Stimmung ist locker, die Menschen sind aufgeschlossen. Infos werden ausgetauscht über Hilfsangebote, Bedarf an ehrenamtlichen Kräften und Hauskreisen. Auch Fair-Trade-Waren gibt es zu kaufen. Das Ganze ist, wie G. Hüther sagt, Potentialentfaltung pur (47), Kirchentag im Alltag und jederzeit möglich.

„Ach vergiss es", dachte Markus zum Schluss resigniert. „Die kirchlich Etablierten verstehen sich lieber als 'Der Rest Israels', als die wahrhaft Glaubenden, die sich nicht von einer 'Wellness-Religion' die Sinne vernebeln lassen wollen."

Könnte er vielleicht mit seinen Schülern experimentieren?

08. Febr. 2017

Kurz darauf machten sie im Unterricht die Verbeugung vor 500 Jahren Reformation und erörterten die damit beginnenden Veränderungen.

„Welche religiöse Praxis könnte e u c h ansprechen?" fragte Markus.

„Ich möchte die Frage umdrehen", sagte einer der ganz Cleveren.

„Bitte sehr."

„Welche religiöse Praxis käme ihnen denn entgegen?"

„Okay", sagte Markus und gab sich einen Ruck: „Ich könnte mir Folgendes vorstellen."

Er fasste seine Imaginationen in Worte mit dem unbehaglichen Gefühl, sich lächerlich zu machen. Was erstaunlicherweise nicht geschah. Im Gegenteil, es gab ein lebhaftes Hin und Her von Fragen und Vorschlägen. Und schließlich meinte ein Schüler: „ Ich könnte ein Gelände zur Verfügung stellen, Wiese, Wald und Wasser. Hat mein Vater geerbt. Wir machen nichts damit; es liegt einfach so herum."

Wieder gab es eifriges Überlegen, bei dem Markus außen vor war. Die jungen Leute planten und organisierten ganz ohne seine Unterstützung und präsentierten ihm am nächsten Tag einen vollständigen Plan. Ein Pfadfinder würde eine große und zwei kleinere Jurten besorgen. „Kriege ich kostenlos", erklärte er, „hab da ja viele Jahre mitgearbeitet." Vor allem die Mädchen plädierten für eine Mitbringparty: Jeder bringt etwas Essbares mit und keiner wird hungern.

Markus wusste gar nicht, dass es eine Band unter seinen Schülern gab, die „Avatare", die sich über einen Auftritt freuten. Und so ging es weiter. Die „Nerds" entwarfen im Handumdrehen ein Info, was jeder im Familien- und Bekanntenkreis verteilte. Auf Facebook und Twitter wurde das Thema gelikt, natürlich auch für blöd und revanchistisch erklärt. Sei's drum.

Der Schulleiter wollte wissen, was da vor sich ging und war erleichtert, dass die Schule nicht involviert war, äußerte allerdings versicherungsrechtliche Bedenken. Aber ein Bekannter von Markus, ein Versicherungsvertreter, erklärte, wie man solche Unternehmungen tageweise versichern konnte.

Der Sonntag für das Experiment nahte; die Spannung stieg. Die Jurten standen, Moderatoren für Gesprächsrunden waren gefunden, und ein Gasbrenner wärmte einen Riesensuppentopf. Jeder Gast hatte ein Programm in der Hand. So war es leicht, sich zu orientieren.

Besucher kamen, nicht gerade in Scharen aber immerhin. Die Kinder eroberten sofort das herrlich wilde Gelände. Schon entdeckten die ersten eine kleine Quelle und begannen einen Damm zu bauen – Sonntagskleidung hin oder her. Kaffee und Tee fanden ihre Abnehmer.

Und Markus Zitterpartie ging zu Ende, als sich in der großen Jurte ein gar nicht so kleines Grüppchen versammelte, es sich auf Stühlen, Decken und Matratzen bequem machte und wie selbstverständlich mit dem Gongschlag in die Stille eintauchte.

Auch die beiden Gesprächsangebote fanden Interessenten. Einmal ging es um Naturwissenschaft und Religion, zum anderen um Religion, Mystik und innere Bilder. Während ein paar nette Schülerinnen und ein Schüler die Kinder beschäftigten, bzw. beobachteten, wie sie sich beschäftigten, stellte Markus die Frage: „Christsein im 21. Jahrhundert, was bedeutet das?"

„Klären sie uns auf", meinte ein Besucher.

„Ich möchte mit ihnen nachdenken, der Wissende bin ich nicht. Aber von Folgendem bin ich überzeugt: Wir leben im Zeitalter des Individualismus, und darum muss jeder im Hinblick auf Religion bzw. Spiritualität seine eigenen Erfahrungen sammeln."

„Dann enden wir in Esoterik und Beliebigkeit."

„Gegenfrage: Ist eine echte Erfahrung nicht mehr wert als ein theologisches Dogma, das in anderen Zeiten für andere Menschen formuliert wurde?"

„Sind sie Bultmannianer?"

„Ich bezeichne mich gern als Selbianer."

„Aha, diese ganze aufgeklärte Theologie! Weder ist Christus für uns gestorben noch ist er zu seinem Vater im Himmel aufgefahren. Was Typen wie ihnen früher passiert wäre, wissen sie ja." „Heute haben wir Religionsfreiheit", meinte Markus trocken.

„Ich finde dieses Experiment gelungen und darüber hinaus auch notwendig", meinte ein anderer. Es soll ja wohl die Suchenden in der Gesellschaft ansprechen und nicht die, die mit den Traditionen gut leben können."

Der Inquisitor verließ die kleine Jurte nicht ohne ein paar Infos über bibeltreues Christentum zu hinterlassen. Zurück blieb ein homogenes Grüppchen, das mit dem offenen, nichthierarchischen, freien Angebot etwas anfangen konnte. Später sprach jemand in Anlehnung an die biblische Geschichte von der „wunderbaren Speisung der 45".

Als Resumé wurde geäußert: „Hier merke ich etwas von dem, was mit Spiritualität gemeint ist. Außerdem kann man reden und fragen, wie einem der Schnabel gewachsen ist. Und dazu gibt es noch stressfreies Zusammensein mit den lieben Kinderlein. Ich plädiere für Weitermachen. Wir kommen wieder. Wo steht der Spendentopf?"

„Na, also", dachte Markus „geht doch.

21. Febr. 2017

Was seine Gesundheit anging, fiel es ihm schwer zu sagen:
„ Geht doch.“

MRT stand an, die Klaustrophobie meldete sich, der Brustkorb
schnürte sich zusammen, das Chaos drohte auszubrechen.
Davor aber rettete ihn eine gute Bekannte, die in der
Radiologie arbeitete. Sie besorgte ihm eine „Glückspille“ und
blieb während der Untersuchung in seiner Nähe.

Markus versuchte es mit „innerer Reise“. Dabei geschah etwas,
was er noch nie erlebt hatte. Er tröstete seine inneren Helfer,
nicht umgekehrt: „Ihr müsst nicht weinen. Ich bin doch da.“
Sein Alltagsbewusstsein wollte diesen „Fehler“ sofort
berichtigen. Aber es fühlte sich einfach richtig an. Und dann
hatte er das Empfinden, sich immer weiter auszudehnen. Er
fühlte sich frei wie ein Vogel. Und wieder sagte das
Alltagsbewusstsein: „Das ist die Tablette, nicht das Nirwana.“
Jedenfalls konnte er den Zustand genießen. Nur öffnen durfte
er seine Augen nicht; dann kehrte das Chaos zurück.

In den nächsten Tagen tauchte er immer wieder in diese
seltsame Gestimmtheit ein, die so gar nichts mit seinem
aktuellen Krankheitszustand zu tun hatte. Und dann war sie da,
die Erkenntnis, ganz plötzlich: Es war der Tod, der ihn gestreift
hatte. Er verspürte weder Angst noch Panik, nur ein großes
Akzeptieren. Ja, so war es. Er war gemeint. Es war in Ordnung.
Das Gefühl großer Freiheit kehrte wieder, verbunden mit der
Gewissheit, dass nun nichts mehr so sein werde, wie es
gewesen war. Eine neue Dimension würde von nun an bei
allem Denken, Fühlen und Tun sich bemerkbar machen. Er war
gezeichnet, und es hatte nichts Furchterregendes. Carlos

Castaneda fiel ihm ein und der Satz des Don Juan: „Der Tod sitzt immer links auf meiner Schulter." Jakob Oertli fiel ihm ein, der darauf hinwies, dass Schamanen den Tod geschmeckt haben, bevor sie heilsam für ihr Volk handeln konnten. Auch träume ein Schamane nicht von einem langen Leben, sondern bemühe sich einfach, seinen ureigenen Weg zu gehen. Und das begriff Markus ausgerechnet im MRT.

25. Febr. 2017

Auf der Straße traf Markus nach langer Zeit Max, den Profiler, wieder. Im nahen Café begann ihre Unterhaltung.

„Ich komme gerade von einer Fortbildung zurück", sagte Max. „Ich könnte auswandern, am liebsten nach Sibirien und mal erkunden, was es mit Serkins ' Dankbarkeit des Wolfs' auf sich hat."

„So schlimm?"

„Ich bin wirklich ein loyaler Mensch. Aber was jetzt auf uns zukommt mit Handykontrolle, elektronischen Fußfesseln bei Verdacht und immer feineren Überwachungstechniken, da fühle ich mich wie in einem Spinnennetz. Und ich bin – verdammt noch mal – nicht die Spinne. Wie geht es dir?"

„Gesundheitlich schlecht, aber innerlich gut. Habe gerade das Gefühl, mich aus dem Spinnennetz befreit zu haben."

„Erzähl."

Markus berichtete von seinem Schülerprojekt in Jurten auf einer Waldwiese.

„Wieso fühlst du dich nun befreit?"

Weil ich einen Ausweg für meine Probleme mit der Kirche gefunden habe. Da hatte ich nämlich immer das Gefühl, mit elektronischen Fesseln auf's abgesegnete Mythengelände beschränkt zu sein. Jetzt habe ich endgültig kapiert, dass das nicht nötig ist. Mein innerer Kerkermeister ist entlassen."

„Du wirkst auf mich wahrhaftig nicht wie religiös eingemauert."

„Traut man sich heutzutage ja auch kaum zu sagen, weil Religion als längst erledigt gilt."

„Haben die Schamanen dir in die Freiheit geholfen?"

„Dazu habe ich keine endgültige Antwort. Jedenfalls haben sie eine Entwicklung angestoßen. Und ich hoffe sie ist noch nicht zu Ende."

„Sag doch mal kurz und bündig, was sich bei dir verändert hat."

„Ich habe nun eine Erklärung für die eigentümliche Leere, die ich immer gespürt habe. Mir fehlten die Erfahrung, die Bilder, die tatsächliche Beziehung. Schamanismus hat das alles in Ansätzen. Es geht ja um die älteste Form von Spiritualität, bestimmt 30 000 Jahre älter als alle heiligen Schriften. Vieles von diesen ursprünglichen Erfahrungen haben die späteren Schriftreligionen nicht gewürdigt, obwohl hier das lebendige Herz schlägt."

„Du hast Probleme. Kannst du vielleicht von deinem neuen Standort aus, was zum drohenden Überwachungsstaat sagen?"

„Er zwingt uns, unsere inneren Potentiale und Ressourcen zu aktivieren. Leben wir nur im Außen, wird er uns zerreiben."

„Tja, du hast gut reden. Schließlich bist du nicht bei der Polizei."

01. März 2017

Obwohl die ärztlichen Diagnosen niederschmetternder wurden, genoss Markus seine neu gewonnene Freiheit. Allerdings lauerte im Hintergrund die Angst, es handele sich um eine vorübergehende Euphorie, die sich bald wieder in Nichts auflösen werde. Sei's drum!

Im Augenblick jedenfalls konnte er sich angstfrei mit Sterben und Tod befassen. Eine strahlende lichtvolle Gestalt nahm in seinem Inneren den Platz düsterer Kirchgebäude ein, in denen Rechtgläubige biblische „Befunde" rezitierten.

Zwei Jahre alte Tagebuchnotizen zu dem EKD-Text „Für uns gestorben" fielen ihm in die Hände (48). Wieder holte ihn kurzzeitig die alte Resignation und Verzweiflung ein. Dann die Erleichterung: Nie wieder würden ihn solche Texte aus der Fassung bringen. Die Horizonte hatten sich geweitet. Er überlegte, ob er der „Gesellschaft für eine Glaubensreform" beitreten sollte, die Klaus Peter Jörns gegründet hatte.

Mit einem Mal ritt ihn ein Teufelchen. Er könnte „Für uns gestorben" seinen Schülern und Schülerinnen präsentieren. Das Teufelchen empfahl ihm, daraus das Interview zu zitieren und die Frage nach der Herkunft des Textes zu stellen.

Gesagt, getan. Die Antworten reichten von „ist doch katholisch" über „Pietismus im 18. Jahrhundert" bis zu „amerikanische Erweckungsprediger". Niemand kam auf die Evangelische Kirche in Deutschland. Das zum Thema, „der

moderne Mensch muss die Fremdheit der Botschaft aushalten",
dachte Markus und rieb sich innerlich die Hände. Umgehend
jedoch meldete sich sein kirchlich sozialisiertes Gewissen:
„Was berechtigt dich zu deiner Respektlosigkeit gegenüber der
traditionellen Botschaft, obwohl sie für viele noch immer
zentral ist?"

Trotzig antwortete er „Es sind die vielen Menschen, die an der
Basis haupt- und ehrenamtlich arbeiten und oft nicht wissen,
dass 'ihre' Kirche sie für einen 'Sündendreck' hält, der nur
durch ein Blutopfer begnadigt werden kann. Die meisten
würden doch erschrocken sagen: ' Wir dachten wirklich, Gott
sei Liebe'." Er legte eine Gedenkminute ein für Heiner Geißler,
der das deutlich und engagiert zum Ausdruck gebracht hatte.
(49).

Und dann überfielen ihn Schwindel und Übelkeit, Schmerzen
und Fieberschauer. Ziellos lief er durch einen Park, ohne
Gedanken, ohne Projekte im Kopf. Horchen war angesagt.
Gewahrsein war angesagt. Wieder war da eine leuchtende
Gestalt, allerdings überdeckt von den Verkrustungen des
Alltags. Gehen, Lauschen, umspült vom großen Geheimnis.
Das war er, Markus, jenseits von allen gesellschaftlichen
Zuschreibungen, diesseits in alles verwickelt. Er könnte
sterben, jetzt auf der Stelle. Eine sanfte Welle würde ihn
hinwegtragen. Alles gut.

06. März 2017

Das Leben ging weiter. Markus traute seinen Augen kaum, als er die Mail eines alten Bekannten las, dem er von dem Jurte-Projekt erzählt hatte. „Wenn du Lust hast, lass uns ein Brainstorming machen für Religion im 21. Jahrhundert - Reli21."

Er erzählte das sofort Sofia, die gerade am PC den Zugang für interne Nachrichten der neuen Selbstbestimmungspartei ausprobierte.

„Ist ein Ding", meinte sie, „gibt es da auch Platz für meine Große Mutter?"

„Wie sieht eigentlich deine Meditation aus?" fragte Markus. „Letztlich geht es dabei doch um die große Leere, eine Lichtung ohne Zeugen, ohne Form. Was ist dann mit deiner Großen Mutter?"

„Weil du es bist, will ich es dir erzählen. Mir ist manchmal, als säße ich auf ihren Knien, fest und sicher wie in 'Abrahams Schoß', als sänke ich dann tiefer und tiefer in den grundlosen Grund. Ich muss mich gar nicht mühen mit korrekter Haltung, Atemübungen und Ziehen lassen der Gedanken. Meine Mutter schenkt mir das alles aus 'lauter Gnade', falsch, aus lauter Zugewandtheit." „Um das so zu erleben, müsste ich wohl eine Frau sein", murmelte Markus.

136

10. März 2017

Die Schmerzen meldeten sich wieder. Das Schlimmste aber war die Schlaflosigkeit, die ihn nach einigen Tagen wie im Nebel herumlaufen ließ, unfähig sich zu konzentrieren oder irgendetwas Sinnvolles zu tun. Markus war dankbar für den chemischen Trost der Pharmaindustrie, und an Schamanen und Selbstheilung konnte er nicht einmal denken. Mit letzter Energie zwang er sich zu einem Spaziergang. Mehr und mehr versank er in Depressionen. Was sollte das alles, das Nachdenken, das Experimentieren, das Sich-Anstrengen? Das Beste wäre, es wäre nichts, einfach gar nichts.

Eingeschlossen in diesen nihilistischen Zustand formte sich mit einem Mal ein Gedanke: Wenn es stimmte, was Hans Peter Dürr schrieb, dass Schöpfung in jedem Augenblick geschieht, dann auch jetzt in dieser verzweifelten Situation. Nichts hinderte ihn, trotz der bleiernen Schwere nach einem Keim des Werdenden Ausschau zu halten.

„Ich mache einen Schritt und der nächsten Schritt ist neu. Ich habe ihn noch nie gemacht. Aus dem Gewordenen wird er geboren. Er führt mich in eine etwas veränderte Welt. So geht es weiter, immer weiter, bis hin zu der großen Weite, der unbekannten Heimat." Tatsächlich half ihm die Aufmerksamkeit auf die Veränderung von einem Augenblick zum nächsten. Dieser Schritt, dieser Atemzug, diese vorüberziehende Wolke. Nur dieses, nichts darüber hinaus. Gehen, Atmen, Schauen. Um Himmels willen nicht denken, über nichts nachdenken! Abends war er schon wieder in der Lage, den Nachrichten zu folgen, und in der Nacht konnte er endlich wieder schlafen.

14. März 2017

Kaum aus seinem schmerzhaften Nebel aufgetaucht beschäftigte ihn wieder das Projekt Religion im 21. Jahrhundert - Reli21. Was für ein Jammer, dass es sich nicht in bestehende Kirchengemeinden implantieren ließ, die eine hervorragende Infrastruktur (Gemeinschaftsräume, Medien, Küchen, Toiletten) hatten. Vor allem aber verfügten sie immer noch über ein hohes Maß an gesellschaftlicher Akzeptanz, während Experimente wie das seine sofort dem Sektenverdacht ausgesetzt waren. Gerne wäre er in den Schoß der Mutter Kirche zurückgekehrt, aber seine Erfahrung hatte ihn hinreichend gelehrt, dass Querdenker und Freigeister dort nicht willkommen waren, obwohl viel von der „Kirche der Freiheit" die Rede war. Also verfolgte er seinen Weg weiter und freute sich über das Interesse einer Frau: „Die gleichen Ideen habe ich auch. In meinem großen Haus ließe sich Vieles verwirklichen. Wann fangen wir an?"

Offensichtlich war für Markus Gemeinschaft und Gemeinschaftsbildung angesagt. Das bedeutete für ihn, den intersubjektiven Raum nicht länger aus der Zuschauerperspektive zu betrachten. Zum ersten Mal fiel ihm auf, dass er andere Menschen wie hinter Glas erlebt hatte. Er konnte sich mit ihnen durch Gesten, Sprache und Rituale verständigen, aber wirkliche Gemeinschaft verhinderten die Glasscheiben. Obwohl er sozial angepasst in Beruf und Familie gelebt hatte, blieb er hinter der gläsernen Wand. Mit Schrecken kam ihm die Frage: Wie hat Sofia das nur ausgehalten? War das der tiefste Grund für ihre Entfremdung, die erst seit einigen Monaten einem vorsichtigen Miteinander gewichen war? An seine Kinder mochte er gar nicht denken. Einigermaßen ernüchtert musste er feststellen, dass alle seine spektakulären inneren Erlebnisse ihn nicht aus seinem Eispalast befreit hatten. Aber immerhin hatten sie diese Defizite in sein Bewusstsein gehoben und bekanntlich ist ja Selbsterkenntnis der erste Schritt zur Besserung. Konnte er diesen desolaten Zustand auch seiner starren christlichen Sozialisation in die Schuhe schieben, dieser wunderbaren Projektionsfläche für alle seine Schatten? Wieder fielen ihm die Gottesdienste und Gemeinschaftstunden ein, wo man sich mit „Bruder und Schwester in Christo" anredete, um sich dann im praktischen Leben gnadenlos vor den Richterstuhl der Gemeindemoral zu zerren. Sah es in der liberalen humanistischen Gesellschaft besser aus, wenn es um wirkliche Kommunikation ging? Trat hier nicht jeder als Einzelkämpfer an, steckte seinen Claim ab und spielte Gemeinschaft, weil es nützlich war?

Markus Enttäuschung über sich selbst saß tief. Gleichzeitig erleichterten ihn seine späten, aber vielleicht noch nicht zu späten Erkenntnisse. Eins wurde ihm sonnenklar: Wie sollte er gesund werden, wenn er Leben nur spielte?

18. März 2017

Mit Spannung wartete er auf das erste Treffen im Haus des nepalesischen Vereins mit dem verwunschenen Garten, wo er vor einer uralten Weide das schamanische Ritual erlebt hatte. Es gab Tee, man lernte sich ein wenig kennen, bevor Körperarbeit und Meditation begannen.

„Ich könnte diese Übungen auch allein zu Hause machen", dachte Markus. „Nur hätte ich dann keine kompetente Anleitung und würde die Energie der Gruppe nicht spüren." Wegen dieser spürbar belebenden Atmosphäre hatte er sich entschlossen wiederzukommen. Noch immer konnte er es nicht lassen, nach Entsprechungen in seiner eigenen Kultur zu suchen. Auch in vielen Gemeindehäusern gab es Meditationsangebote, und Gymnastikkurse erfreuten sich großer Beliebtheit. Allerdings wurden diese Dinge als etwas Zusätzliches, als Zugeständnis an den Zeitgeist, gehandelt. Etwas, das mit dem „Eigentlichen" nichts zu tun hatte. Wieder verspürte Markus das lähmende Gefühl, das sich ihm wie Mehltau über alles legte, was in der „fremden Heimat Kirche" geschah, wo alles, was einen Christenmenschen bewegte, „unter das Kreuz" gehörte.

Es war so schade, ein solcher Jammer, dass so selten der Sprung in zeitgemäße Interpretationen des „Eigentlichen" gewagt wurde, in eine Gegenwart, in der die Menschen nicht mehr Schafe (sprich Gemeindeglieder) eines Hirten sein wollten, der ihnen die Botschaft „verkündete" (50).

23. März 2017

Was Reli21 anging, bekam seine Begeisterung den ersten Dämpfer, noch bevor das erste Brainstorming stattgefunden hatte.

„Stell dir vor", erzählte Sofia, „in unserer Solawi hat es geknallt. Der Anlass war nichtig; es ging um gegenseitige Missverständnisse, die man leicht hätte klären können. Aber im Handumdrehen wurden daraus Angriff und Verteidigung - immer heftiger. Zum Schluss wurde einer der Kontrahenten richtig persönlich und ein anderer ging wortlos weg. Ich bin so enttäuscht. Da wird so viel von Gemeinschaft geredet, und dann gibt es wegen Kleinigkeiten einen 'Krieg der Sterne'."

Markus hörte mit zunehmenden Unbehagen zu. Ihm war klar, dass mit seinem Sonntagsprojekt schnell dasselbe passieren könnte. Denn meistens „frisst die Revolution ihre Kinder".

Er hatte eine Idee. „Sofia, kann ich dir etwas zeigen, hast du Zeit und Lust?"

Sie nickte.

Markus holte seine Schaubilder hervor, die aus der Zeit stammten, als sie sich in einem Integralen Forum mit der Philosophie Ken Wilbers befasst hatten. „Vielleicht hilft uns das weiter. Also: Menschen entwickeln sich von archaischen Anfängen hin zu immer größerer Bewusstheit. Das ist ein langer und komplexer Prozess, in dem mehrere Stufen durchlaufen werden, die aufeinander aufbauen. Eine von verschiedenen Intelligenzlinien geht von egozentrisch über ethnozentrisch zu weltzentrisch. Das heißt, die Bedürfnisse anderer können immer besser berücksichtigt werden.

Menschen, die sich in Initiativen engagieren, haben ihren Bewusstseinsschwerpunkt meist auf der sechsten Stufe: dialogisch, kooperativ, nicht hierarchisch usw. Sie können aber unter Umständen auf Stufen zurückfallen, die sie eigentlich schon hinter sich gelassen haben, bis hin zum Kindergartenstatus: Wenn du mir meinen Teddy wegnimmst, haue ich dir mein Schüppchen auf den Kopf.

Ein Kind ist dem Prozeß ausgeliefert. Ein (hoffentlich) Erwachsener kann diesen Rückfall reflektieren, integrieren und mit einer Erfahrung reicher auf seinen aktuellen, höher entwickelten Bewusstseinszustand zurückkehren" (51).

„Warum hast du mir so etwas Einleuchtendes nicht mal früher erzählt?"

„Ach Sofia, ich habe mich schon mit vielen Dingen befasst. Aber ich habe die Konzepte letztendlich nicht ernst genommen. Auch mich selbst habe ich nie richtig ernst genommen nach dem Motto: wenn mir etwas einleuchtet, kann es nichts Besonderes sein."

„Ich verstehe immer besser, warum wir solche Schwierigkeiten miteinander hatten, aber es wird ja besser", meinte Sofia und fügte verschmitzt hinzu: „Sag mal, auf welchem Level wir uns gerade bewegen?"

„Auf einem ziemlich hohen. Wir sollten uns aber nicht einbilden, hier dauerhaft verortet zu sein. Lass einen emotionalen Sturm über uns hereinbrechen. Wupps, sind wir wieder unten. Weißt du was, ich werde mit deinem Problem im Gepäck eine innere Reise machen."

„Berichtest du mir, ob etwas geschieht?" „Weil du es bist."

24. März 2017

Markus ging also „auf Reisen". Es dauerte nicht lange, da wurde er von jemandem mit einer roten Robe bekleidet, wie die Verfassungsrichter sie tragen. Er fühlte sich sehr unwohl in dieser Verkleidung. Akzeptierte sie aber und wanderte an einem Bach entlang, kam zu einem kleinen Wasserfall, an dessen Ufern Schneeglöckchen und Märzenbecher blühten. Weiter ging es in eine Höhle, die von einem warmen rötlichen Licht erleuchtet war. Eine hoheitsvolle Gestalt kam auf ihn zu. Markus wusste, dass es die Große Mutter war. Gemeinsam stiegen sie eine Treppe empor und betraten einen weiten mit Kopfsteinen gepflasterten Platz, der Markus an den Mont St. Michel an der französischen Küste erinnerte. Sie überquerten die freie Fläche und gingen im Dämmer ein paar Stufen hinab. Die Mutter zog einen Schlüssel hervor und öffnete ein Verlies. In dem befanden sich die Streithähne. Gemeinsam wanderten sie zurück auf den großen Platz. Die Männer bildeten einen Kreis in der Mitte, riefen die vier Himmelsrichtungen, Himmel und Erde an, gingen in die Hocke und rauchten eine Pfeife – ganz friedlich.

„Wie soll Sofia mit dem Konflikt umgehen, von dem sie gesprochen hat?" fragte Markus.

„Du siehst doch, alles ist geschehen. Es genügt, mich zu fragen."

„Kann ich dich auch bei anderen Konflikten fragen, Stress, Familie und so?"

„Du kannst mich immer fragen."

25. März 2017

Markus teilte seine „Reiseerlebnisse" mit Sofia, und gemeinsam suchten sie im Internet nach etwas Erhellendem zu diesen Bildern. Streit hatte es um diese uralte Klosteranlage reichlich gegeben: Wikinger, Bretonen, die fränkischen Könige usw. Nach der französischen Revolution war die Anlage als Gefängnis missbraucht worden und geriet in Verruf. Erst um das Jahr 1960 kehrten einige Ordensleute zurück.

„Sagt uns das etwas?" fragte Sofia.

„Immerhin habe auch ich ein Gefängnis gesehen. Und ich muss schon sagen, dass mich ein besonderes Gefühl ergreift bei der Aussage: 'Du siehst doch, alles ist in Ordnung. Du musst gar nichts tun."

„Was meinst du, gilt das allgemein oder nur in diesem Fall?"

„Weiß ich nicht. Jedenfalls ist es eine heilsame Perspektive. Es reicht ja schon, wenn sich in mir Spannungen lösen. Diese inneren Bilder sind eine wunderbare Bereicherung."

„Ich liebe meine Mutter", sagte Sofia und strahlte.

26. März 2017

Markus las „Die Macht der inneren Bilder" von Gerald Hüther und meinte, eine ganz heiße Spur gefunden zu haben. Nach den Erkenntnissen der Neurobiologie wurden zum Beispiel Verhaltensbereitschaften in Form von Nukleinsäuren im Gehirn als abrufbare Muster gespeichert. Markus faszinierte besonders der Umstand, dass äußere Bilder, Worte usw. in organische Substanz umgewandelt werden konnten. Auch ein gesprochenes Wort wurde nicht nur als Ton oder Schwingung gespeichert, sondern sein Sinn, seine Bedeutung wurden kodiert und konnten wieder abgerufen werden (52).

Kam er nun dem Geheimnis der Schamanen näher? Er versuchte es mit folgender Erklärung: Das Ritual zum Beispiel aktiviert in dem, der es erlebt, innere Muster, die möglicherweise tief unter der Bewusstseinsschwelle liegen. Alte Erfahrungen, vielleicht sogar aus der Ahnenreihe, erwachen zum Leben und bewirken emotionale, rauschhafte, visionäre Zustände, die unter besonderen Umständen auch Heilung bringen können. Je mehr er über diesen „Mechanismus" nachdachte, desto plausibler erschien er ihm. Die schamanischen Meister hatten Zugang zu den ganz tiefen Wurzeln oder Quellen, die als nachweisbare Substanzen im Menschen, wohl auch in Pflanzen und Tieren darauf warteten, aufgeweckt zu werden. In seiner eigenen Kultur war dieses subrationale Geschehen von der Arroganz des Intellekts überlagert worden. Jetzt wurde es ausgerechnet durch naturwissenschaftliche Forschungen wiederentdeckt. Und das Weltbild der neuen Physik, nach dem alles Information in einer unauftrennbaren komplexen Einheit ist, erschien ihm nun alltagsnäher und erfahrbarer.

„Wunderbar, alles interagiert miteinander. Es geht darum, die tausendfältigen Sprachen zu lernen und die Muster in ihrer doppelten Funktion zu erkennen, einerseits als Konstanten, andererseits als anpassungsbereite, veränderbare Strukturen – immer bereit, dem Leben zu dienen."

Markus war wie vom Donner gerührt, als er bei seiner Lektüre die Beschreibung eines Zustandes fand, der genau dem entsprach, was er bei dem schamanischen Ritual erlebt hatte:

„Es gibt kaum etwas Beglückenderes als diese leider viel zu

seltenen Momente im Leben, in denen man spürt, wie der von all den tagtäglich zu lösenden Problemen gar zu eng gewordene Blick sich plötzlich zu weiten beginnt, wie einem das Herz aufgeht und die Ideen übersprudeln. Solche Momente sind Sternstunden, in denen man eine Ahnung davon bekommt, wie es wäre, wenn …, ja, genau ….wenn man die Welt wieder so unbefangen und so vorurteilslos betrachten könnte wie ein Kind. Als ob jemand einen alten Vorhang beiseite gezogen hätte, sind all die festgefahrenen und festgezurrten Bilder, die man als Erwachsener im Kopf hat, in solchen Augenblicken verschwunden. Der Kopf ist plötzlich wieder frei, man kann tief durchatmen und spürt auf der nun nicht mehr durch einen Vorhang verdeckten inneren Bühne der eigenen Phantasie seine Flügel wieder wachsen.

Was in diesen außergewöhnlichen Momenten im Gehirn passiert, ist jedoch durchaus nichts Ungewöhnliches. Eigentlich tritt hier etwas zutage, was in der Konstruktion des menschlichen Gehirns von Anfang an angelegt ist: Die Fähigkeit zur Öffnung und Erweiterung der großen Bühne, auf der die von bestimmten inneren Bildern gelenkten Stücke aufgeführt werden."

29. März 2017

Statt sich in ein Kämmerlein zurückzuziehen, um seine Kenntnisse zu vertiefen, stürzte Markus sich ins Gewühl der Großstadt. Aber was sollte ihn hier weiterbringen zwischen flimmernder Neonreklame und geschäftigen Menschen? Nirgends war es wohl unmöglicher, sich auf die inneren Landschaften zu konzentrieren. Dennoch. Er hatte das Gefühl, gerade jetzt hier richtig zu sein. Er wartete. Der Geist konnte schließlich überall wehen.

Seine inneren Begleiter erschienen, schauten ihm beim Essen zu und machten Faxen.

„Auf'i geht's", sagten sie schließlich, und Markus ließ die Gabel sinken. Sie tanzten durch Straßen, Bibliotheken, Kirchen und Bahnhöfe. Irgendetwas fehlte; Markus merkte es immer deutlicher. Ihm schien, als fehle ein Tempel der Heilung. Ein Ort, wo alles zusammen kam, das Wissen, das Fühlen, das Ahnen, das Handeln. Etwas, von dem sein Jurteprojekt ein kleiner Abglanz war. Die Begleiter wurden geschäftig. In der Nähe eines Bahnhofs begannen sie zu bauen. Nicht sie allein, von überall her kamen Helfer und wie nach einem unsichtbaren Plan wuchsen Gebäude, entstanden Gärten. Markus fand sich in einem Park wieder, vor dem Eingang zu einer Grotte.

„Immer quillt das Wasser des Lebens für die, die die Hoffnung nicht verloren haben. Neue Lieder werden sie singen, Heilung werden sie finden und den Frieden, der höher ist als alle Vernunft."

Markus wusste, dass die Worte wahr waren. Selbst, wenn Mr. Trump auf den roten Knopf drücken sollte und ein greller Blitz, heller als tausend Sonnen, alles in Schutt und Asche legte, würde das diese Wahrheit nicht vernichten können. Ohne Angst, ohne Furcht erzitterte er vor der Wucht der Bilder.

„Ist das hysterisch, ist das größenwahnsinnig?" fragte er, als er sich im Großstadtgewimmel wieder fand.

„Mag sein, jedenfalls war es ein Super-Erlebnis. Sollte ich den Boden unter den Füßen verlieren, werde ich es merken, und zwar ganz schnell."

„Hm", meinte Sofia, als er ihr von seiner Phantasiereise berichtete, „vielleicht solltest du Märchenerzähler werden."

„Was ich erzählt habe, ist ein Narrativ", dozierte Markus und machte ein Pokerface.

„Ein Narrativ ist eine sinnstiftende Erzählung, z. B. die großen Mythen, die in jeder Kultur seit Jahrtausenden überliefert werden."

„Da bist du ja in guter Gesellschaft mit deiner Eigenkreation."

„Ja ja. Ich bin nicht größenwahnsinnig. Wir heute im Zeitalter des Individualismus können uns an diesem Prozess beteiligen. Wir können unsere persönlichen Narrative schaffen."

„Solange sie unser Privatvergnügen bleiben, alles schön und gut. Oder hast du vor, deine Träumereien als Offenbarung zu verkaufen?"

„Um Himmels willen, nicht so etwas. Was ich allerdings schon möchte, dass viele Menschen sich diese Quelle erschließen. Stell dir vor, wie anders wir mit unseren Problemen umgehen könnten."

„Zum Beispiel mit Rückenproblemen", Sofia lachte.

31. März 2017

Weil Sofia gelacht hatte, erzählte er ihr nichts von seinem allerneuesten „Ausflug".

Auf seine Frage: muss ich mich operieren lassen, hätte ihm die Antwort ja oder nein gereicht. Nichts Dergleichen. Er glitt durch samtige Dunkelheit, hörte eine Melodie, die er sich merken wollte und fiel und fiel, immer tiefer. Er fühlte sich behütet und getragen. Mit einem Mal war ihm, als entstehe in dem Dunkel eine Öffnung, in der etwas Silbriges tanzte und Funken sprühte.Gleichzeitig spürte er ein Ziehen in der Mitte seiner Stirn, das von einem Zentrum ausging und einen unangenehmen Spannungszustand auslöste.

„Das 'Dritte Auge'", hörte er sagen „übe das Sehen."

Und für einen Augenblick schien ihm, als könne er tatsächlich mit etwas sehen, das deutlich fühlbar über seinen physischen Augen lag. Keine Antwort auf seine Frage. Sollte er enttäuscht sein? Er probierte das „Sehen" mit dem „Dritten Auge". Aber außer einem leicht angestrengten Gefühl bemerkte er nichts.

Enttäuschung breitete sich in ihm aus, wieder einmal verbunden mit dem Impuls, alle diese Reisen, Intuitionen, Gefühle und Überlegungen auf sich beruhen zu lassen. Ja, er verspürte so etwas wie Heimweh nach seinen alten Interpretationsgefängnissen und seiner bloßen Sehnsucht nach einem Darüberhinaus, nach Freiheit. Hatte er ein Darüberhinaus erreicht? Die Spur, die er seit seinem Erlebnis mit dem Schamanen verfolgt hatte, erschien ihm mit einem Mal belanglos, um nicht zu sagen läppisch. Drittes Auge. Hatte er gehört, gelesen. Natürlich, jeder hatte heutzutage schon vom „Dritten Auge" reden hören. Ja, und?

Er war ausgezogen, um Heilung zu finden, stattdessen war er von einer Bilderflut überfallen worden. Interessant, eindrücklich, aber folgenlos. Denn mit seiner Gesundheit ging es eher bergab.

01. April 2017

In solche Gedanken versunken, saß er in der U-Bahn. Aus lauter Langeweile probierte er, ob das „Dritte Auge" – die Position war ihm ja freundlicherweise in der Anderswelt gezeigt worden – etwas mit Aura-Sehen zu tun haben könnte, von dem er natürlich auch schon gehört hatte.

Vor ihm, im nächsten Abteil, lag ein junger Hund, schwarz-weiß gezeichnet, mit seidig glänzendem Fell, seinem Frauchen zu Füßen. Er konzentrierte sich auf eine Hundepfote, versuchte durch das „Dritte Auge" zu schauen und wartete auf eine Hundepfoten-Aura. Nach einer Weile meinte er tatsächlich einen Schimmer zu erkennen, erst fast schwarz, dann gelb-grün, dann ganz hell, wieder dunkel usw.

„Kann einfach vom intensiven Schauen herrühren", sagte er sich. Mit einem Mal bewegte sich der Hund, zog die Pfote zurück, zitterte ein wenig, stand auf und lief unruhig aber ohne Anzeichen von Aggression hin und her. Dann legte er sich wieder hin. Das ging so weiter, bis an der Endstation alle ausstiegen. Bald waren Hund und Herrin verschwunden. Aber sieh an! Da kamen die beiden wieder; sie hatten nur einen Bogen über den Parkplatz geschlagen.

„Was für ein schöner Abend", begann die Frau ein Gespräch mit Markus. Der überlegte angestrengt, ob es sich um eine Bekannte handelte. Nein nichts in den Erinnerungsspeichern. So antwortete er höflich: „Da haben sie recht und außerdem explodiert der Frühling."

Ja, unglaublich, in den letzten zwei Tagen ..."

Und so ging es weiter als wären sie alte Freunde, die sich

zufällig wiedergetroffen haben.

Nach einer herzlichen Verabschiedung fragte sich Markus, der etwas Ähnliches noch nie erlebt hatte: „Was war das, etwa das 'Dritte Auge'?"

Er war verwirrt. Wollte ihm das alles etwas sagen? Er rätselte und googelte: „Drittes Auge" und rätselte weiter.

02. April 2017

Am nächsten Tag beteiligte sich Markus auf dem Solawi-Acker an den Frühjahrsarbeiten und bei der gemeinsamen Jause an einer Diskussion über „Das Ding an sich" und der irrtümlichen Auffassung von unserer Welt als „Vorstellung".

Danach können wir durch den Filter unserer Sinnesorgane zwar eine Vorstellung von der Welt entwickeln, die wirkliche Welt – das Ding an sich – aber niemals erkennen.

Alle konnten der Auffassung zustimmen, dass wir durchaus Wirklichkeit erfahren können, allerdings immer aus der Perspektive unserer subjektiven Organisation.

Für sich selbst überlegte Markus, dass möglicherweise ein funktionierendes „Drittes Auge" die subjektive Perspektive erweitern könne. Damit rückte das Phänomen in den Bereich des Handhabbaren. Überhaupt stellte Markus fest, dass er alle die merkwürdigen Vorkommnisse, die er in den letzten Monaten erlebt hatte, ernster nehmen konnte, wenn er eine plausible Erklärung dafür fand. Der alte Satz des Kirchenvaters Augustinus fiel ihm ein: „Wunder geschehen nicht im Widerspruch zur Natur, sondern nur im Widerspruch zu dem, was uns von der Natur bekannt ist." Damit konnte er leben.

In der Nacht wurde Markus wach und meinte plötzlich zu wissen, was es mit dem „Dritten Auge" auf sich hatte. Wie von selbst bildete sich das Wort: Wahrnehmungsverfeinerung. Wahrnehmungsverfeinerung und Operation – ergab das einen Sinn? Sollte er mit oder ohne Operation seine Wahrnehmungsfähigkeiten trainieren? Der Gedanke hatte etwas Belebendes, so als werde der Raum zwischen seinem denkenden Kopf und den tausendfältigen Rhythmen seines Körpers überbrückt, als käme das eine dem anderen näher. Ja, er hatte das Gefühl, seinen Organismus noch nie so gut verstanden zu haben. Ohne sofort wieder an Heilung und Gesundwerden zu denken, überließ er sich diesen Empfindungen.

Am Morgen wunderte es ihn gar nicht, am Telefon die Stimme einer alten Bekannten zu hören, die von ihren Erfahrungen bei einer Rückenoperation erzählen wollte.

„Ich hoffe, du findest mich nicht aufdringlich."

Davon war Markus weit entfernt.

„Weißt du, ich habe mich lange mit meinen Bewegungseinschränkungen und Schmerzen herumgeschlagen, bis ich mich zur Op entschlossen habe."

Sie erzählte Markus viele Einzelheiten und kam schließlich zum Thema: mentale Vorbereitung. „Ich habe viel visualisiert, mir Bilder von den kranken Stellen gemacht, mir den Verlauf der Heilung vorgestellt und mich meinen Befindlichkeiten gestellt. Ich habe mich in Dankbarkeit geübt, wann immer ich einen Grund dafür fand: zugewandte Pfleger, kompetente Ärzte, eine schöne Umgebung, gutes Essen. Ich kann sagen, in der ganzen Zeit habe ich nicht gelitten."

Bei Markus festigte sich die Überzeugung: „Du kannst viel für deine seelisch-geistige Verfassung tun. Das Geschehen auf der materiellen, organischen Ebene überlass einfach den Fachleuten."

Der Traum von schamanischer Heilung oder von Geistheilung, so wie er sich das gewünscht hatte, war in gewisser Weise zerplatzt. Dennoch hatte er unendlich viel gewonnen. Er war aufmerksamer, achtsamer, freier und lebendiger geworden, trat seinen Mitmenschen aufgeschlossener gegenüber, hatte seine mentale und emotionale Basis verbreitert und, was wahrscheinlich das Wichtigste war, hatte sich ganz tiefen Schattenseiten seiner Persönlichkeit gestellt.

Wieder konnte er es nicht lassen, die Frage zu stellen: „Warum hat meine Religion nicht eine solche Entwicklung in mir angestoßen? Warum war man da immer noch der Meinung, wenn du die richtigen Heilstatsachen wiederholst und glaubst, ist alles in Ordnung. Dann brauchst du weder Methoden noch Praktiken, weder Bilder noch Erfahrungen, um dein Leben gelingen zu lassen." Es war so traurig!

04. April 2017

Markus fragte weiter in seiner Umgebung nach Erfahrungen mit Rückenoperationen.

„Stell dir vor, du hättest mein Problem", fragte er eine Bekannte, „was würdest du tun?"

„Im Kung Fu gibt es eine Übung die heißt: Schlag die Feder platt, die unter einem dicken Holzbrett liegt. Du konzentrierst dich auf die Feder und schlägst dann mit der Handkante zu. Das Holz wird gespalten, und die Feder ist platt."

Markus verstand: Konzentriere dich auf Schmerzfreiheit und Beweglichkeit und nimm die Op einfach in Kauf.

Was ihn noch mehr faszinierte als diese bemerkenswerte Auskunft, war die Erkenntnis, dass man erstaunliche Hilfen bekommt, wenn man zu seiner Hilfsbedürftigkeit steht.

05. April 2017

Also stand er auch zu seiner Hilfsbedürftigkeit in Sachen Religion.

„Warum um Himmels willen schlägst du dich immer noch mit der Religion herum. Tritt einfach aus der Kirche aus, dann ist das Problem erledigt", meinte eine Freundin.

„Ist es nicht, weil all die Überzeugungen, Rituale und Bilder Teil meiner Persönlichkeit sind. In jeder Körperzelle sind sie kodiert."

„Armes schwarzes Katerchen, was willst du denn erreichen?"

„Ich denke auch an die Generation von morgen. Was können

wir ihnen mitgeben, damit sie nicht orientierungslos im
'Wüsten Land' stehen" (53).

„Klär mich auf. Was willst du ihnen mitgeben?"

„Einen eigenen Zugang zu inneren Bildern, wie ich ihn selber
gefunden habe. Und dazu die Fähigkeit, die eigenen Bilder mit
der Tradition zu vergleichen."

08. April 2017

In einem Gesprächskreis ging es um Ken Wilbers Buch
„Naturwissenschaft und Religion" (54). Nach seiner
Überzeugung werden Mythen und Dogmen in Zukunft immer
weniger akzeptiert werden. Was zählt ist Erfahrung, auch im
Bereich der Religion. Obwohl Religion und Wissenschaft ihren
eigenen Gesetzmäßigkeiten folgen müssen, gibt es strukturelle
Ähnlichkeiten:

Anweisungen

Daten, Erfahrungen

Austausch mit anderen, die ebenfalls den Anweisungen gefolgt
sind.

Wenn du also dem Numinosen, dem Göttlichen nahe kommen
willst, wähle eine meditative Praxis, sammle die Daten und
Erfahrungen und teile und prüfe sie mit anderen, die den Weg
auch gegangen sind.

Christen, Moslems, Hindus, Buddhisten und alle anderen
können diesen Weg gehen. Sie werden erkennen, dass die
Tiefe, der Grund, die Quelle für alle gleich ist. Auf dieser
Grundlage stören kulturelle Ausprägungen nicht, sie bereichern

im Gegenteil die religiöse Landschaft.

„Es ist schön, mit Gleichgesinnten unterwegs zu sein", dachte Markus und stellte sich solch eine Diskussion in einer „normalen" Kirchengemeinde vor. Eine traurige Vorstellung!

Weiter fragte er sich nach der Verortung seiner eigenen „inneren Reisen" in dem System, das Ken Wilber mit vielen anderen entwickelt hatte. Hier wurden meditative Zustände unterschieden: Naturmystik, Gottheitenmystik, formlose und nonduale Mystik (54).

Er bewegte sich eindeutig im Bereich der Bilder, also Natur- oder Gottheitenmystik.

Was ihm bei seinen Überlegungen immer klarer wurde, war die Tatsache, dass die spirituellen Zustände zutiefst natürlich waren. Wie jeder Mensch die Fähigkeit zum Laufen, Sprechen oder Singen hatte, so hatte er auch das Vermögen, sich auf „innere Reisen" zu begeben. Es erleichterte Markus, seine Erfahrungen vom Ruch des Besonderen, Außergewöhnlichen, Geheimnisumwitterten befreit zu sehen. Es ging um eine natürliche Mitgift, die man üben, wertschätzen oder links liegen lassen konnte. Eines allerdings verbot sich: sie zu „verteufeln", wie es einige protestantische Theologen versucht hatten (45).

„Himmel", dachte Markus wieder einmal, „die Kirche der Freiheit!"

09. April 2017

Nachdem Markus sich an der Sonntagsdemo „pulse of europe"
beteiligt hatte, nutzte er die Zeit, um im WDR die Sendung
„Heilige Geschichten" von Geseko von Lüpke zu hören.

Da wurde Gerald Hüther zitiert: Es ist ein toller Prozess, der
jetzt schon fast esoterische Dimensionen annimmt, wenn man
so oberflächlich draufschaut, denn hier wird ja etwas
Immaterielles in Materie verwandelt. Eine Erfahrung, die ganz
immateriell ist, hinterlässt Spuren , die der Hirnforscher in
Form von neuen Vernetzungen sehen kann. Und diese neuen
Vernetzungen, diese materielle Struktur, erzeugt dann
Gedanken und Bewusstsein und Worte, die man nun wieder gar
nicht mehr sehen kann, die ganz und gar immateriell sind. Also
dieses große Kunststück der Verwandlung von Materie und
Geist und von Geist in Materie ist das, was ständig in unserem
Hirn ohnehin stattfindet" (55).

Markus erschien diese Erkenntnis geradezu wunderbar,
aufregend , erhellend. Er versuchte sich am Beispiel Novalis:

> „Ich sehe dich in tausend Bildern,
>
> Maria, lieblich ausgedrückt,
>
> doch keins von allen kann mir schildern,
>
> wie meine Seele dich erblickt."

Zuerst werden die Bilder vom Auge als Pixel aufgenommen, in
bestimmten Gehirnarealen gespeichert, mit ähnlichen Bildern
abgeglichen und im Neokortex mit entsprechenden
Assoziationen zu Vorstellungen zusammengesetzt. Diese
Vorstellungen modifizieren dann die äußeren Bilder.

Wird das äußere Bild mit einer dogmatischen Aussage kombiniert, wird auch diese gespeichert, vorausgesetzt, sie kann in bestimmten Gehirnarealen mit vorhandenen Bereitschaften in Resonanz gehen (z. B. Autoritätshörigkeit). Dann wird zum Beispiel geglaubt, dass Maria immerwährende Jungfrau ist.

Kann eine derartige Kombination auch wieder gelöscht werden?

Durch intellektuelle Argumente soll es am Schwersten sein. Wenn aber Gefühlsareale durch subjektiv bedeutende Personen oder Gegebenheiten aktiviert werden, dann kann die ursprünglich kodierte Überzeugung überlernt werden. Die alten Spuren verschwinden zwar nicht, sind aber durch neuere, aktuellere überlagert (56).

Als nächstes Beispiel nahm er sich den Playmobil-Luther vor. Im Kindergarten beispielsweise wird dieses „Püppchen" von kindlichen Gehirnen gespeichert, wie viele viele andere auch. Kommt später die Information hinzu: bedeutender Mensch, Sprachgenie, Reformator der mittelalterlichen Kirche, dürfte das gehirntechnisch einige Irritationen auslösen. Denn mit einem Playmobil-Männchen sind eher Assoziationen verbunden wie Baggerfahrer, Jedi-Ritter, Lokführer als mit einem Jahrtausengenie. „Ob die Verantwortlichen für die Invasion von Playmobil-Luthern sich diese Vorgänge klar gemacht haben?" fragte Markus sich amüsiert.

159

13. April 2017

Der Gedanke, dass es kein Erleben und Erfahren ohne entsprechende neurobiologische Prozesse gibt, war für Markus inzwischen selbstverständlich geworden. Wenn er abgespannt und müde war, konnten ihn die weltbewegensten Erkenntnisse und Geschehnisse nicht mehr in Schwingung versetzen. Dann ließ er sich nach wie vor am liebsten „beflimmern".

So auch an diesem Abend. Er zappte durch die Programme und fand rein gar nichts Interessantes. Zufällig stieß er auf die Sendung: Herbert von Karajan dirigiert die 5. Sinfonie von Beethoven. Dieser Typ war für ihn immer der Inbegriff eines arroganten Exzentrikers gewesen. Und jetzt - was war das? Da dirigierte ein Mensch mit einer geradezu übermenschlichen Konzentration, die Augen geschlossen, der Körper ein vibrierender Resonanzboden. Plötzlich „verstand" Markus die Sinfonie: die donnernden, tosenden Wogen, die verebbten zu einer unendlich zarten wie hingehauchten Melodie, die steigenden und fallenden vielstimmigen Kaskaden. Eine klare, präzise, tempogeladene Annäherung an das romantische Meisterwerk.

Diese Musik, dieser Mensch - wie nahe kam das seinem Erleben bei dem Schamanen!

Zum Glück gab es Internet, zum Glück gab es Youtube, so dass er die halbe Nacht immer wieder die Fünfte von Beethoven hören konnte, die der Maestro für ihn zum Leben erweckt hatte.

Er hatte ja schon viele erstaunliche Erfahrungen mit sich selbst in den letzten Monaten gemacht, aber das Musik durch ihn hindurchfließen konnte wie ein reinigender Strom, der

Blockaden und Hindernisse mit sich fortspülte und eine Tiefe erlebbar machte, die unerkennbar, unerforschlich alles formte und lenkte, was er selbst von sich wusste.

Mit den überwältigenden Klängen kamen die Tränen. Doch dann meldete sich der analysierende Verstand zurück und fragte: „Welche Blockaden und Hindernisse sind fortgespült worden? Habe ich immer noch nicht meine Defizite, meine Schatten ausreichend genug bearbeitet?" Er spürte der Veränderung in seinem Inneren nach. Was machte sie aus? Zu seiner Verwunderung stieß er erneut auf Denk- und Fühl-Hemmungen, die er längst überwunden glaubte.

Zum Beispiel: Gefühle sind wichtig, aber man muss sich immer im Griff haben.

Die Fülle und Schönheit der Welt und des Lebens muss man distanziert betrachten.

Die ethische Forderung muss immer Vorrang vor Schönheit und Fülle haben. Im Klartext: Die zehn Gebote sind wichtiger als der Rausch und der Zauber der unmittelbaren Ergriffenheit. „Üb' immer Treu und Redlichkeit bis an dein kühles Grab …"

Wie man dabei gottwohlgefällig vertrocknen konnte, hatte er in den evangelikalen Kreisen oft genug beobachten können. Betraf das aber nicht nur die anderen, sondern auch ihn selbst?

„Markus, du darfst dieses Erlebnis nicht wieder vergessen", befahl er sich und um diesen Vorsatz zu bekräftigen, erzählte er beim Familientreffen von Beethoven und Karajan. Am Abend desselben Tages schenkte ihm ein lieber Mensch eine Kassette mit allen Sinfonien von Beethoven, dirigiert von Herbert von Karajan.

26. April 2017

Die Osterferien waren zu Ende und tatsächlich wurde das Thema Reli21 wieder aufgegriffen. Gerade hatten Markus und ein paar Interessierte den Film „Kein Gott, kein Herr – eine kleine Geschichte des Anarchismus" auf ARTE gesehen und wollten nun über das Thema Reli21 weiterreden.

„Manchmal muss etwas Altes zerstört werden, damit sich das Neue entfalten kann."

„Ist nicht mein Ding", sagte Markus. „Ich bin Evolutionär und kein Revolutionär."

„Du bist also zufrieden, wenn die Orgel neu gestimmt wird, es Einzelkelche beim Abendmahl gibt und von 'guter Gott' statt von 'Gott, dem Herrn' geredet wird."

„Natürlich nicht. Aber wenn ich mir die Revolutionen anschaue, hat es niemals etwas absolut Neues gegeben. Immer ging es um eine Erweiterung oder Transformation von Vorhandenem mit neuen Elementen. Es entstand schon etwas Neues, aber auf dem Boden des Alten."

„Sag mal ein Beispiel."

„Der deutsche Kaiser wurde ins Exil geschickt und das Wahlrecht demokratisiert – aber nicht abgeschafft. Anders als im preußischen Dreiklassenwahlrecht hatte jeder und jede eine Stimme, mochte er noch so reich sein."

„Stimmt schon, aber inzwischen wird raffinierter als früher die Bedeutung des Wahlrechts ausgehebelt. Denk an die Verquickungen von Kapital, Wirtschaft und Politik."

„Jede Weiterentwicklung kann entgleisen und destruktiv werden."

„Also Reli21, aber ohne Revolution. Wie soll das aussehen?"

„Niemand will in unserer Zeit mehr angepredigt oder missioniert werden. Heute geht es um Erfahrung. Wir wollen erfahren, was hinter all den Lehren steckt."

„Wie stellst du dir das vor?"

„Wenn ich wissen will, ob an der Rede vom Numinosen, vom Göttlichen, von der Tiefe des Seins etwas dran ist, muss ich die Reise nach innen antreten."

„Und lande dann bei subjektivem großen Blödsinn."

„Kann passieren. Darum muss man auch in diesem Bereich die drei Stränge gültiger Erkenntnis anwenden. Wenn ich wissen will, ob ich etwas vom Numinosen erfahren kann, muss ich eine meditative Praxis ausüben. Dann mache ich meine Erfahrungen. Und diese Erfahrungen muss ich überprüfen lassen von anderen, die das Experiment auch gemacht haben. Außerdem gibt es noch ein Kriterium, das schon im Neuen Testament steht: 'An ihren Werken sollt ihr sie erkennen.' Eine noch so erhebende Vision hat keinen Wert, wenn das tatsächliche Verhalten nicht in die Richtung geht: 'Liebe deinen Nächsten wie dich selbst'."

Und so ging es hin und her mit den Gedankenspielen. Bis schließlich zwei Begriffe im Raum standen: Geborgenheit und Urvertrauen. Alle waren sich einig, dass es nicht hilft, so etwas zu denken; man muss es fühlen, erleben, erfahren. Kein theologisches System kann Urvertrauen hervorrufen. Auch der Appell, den Sprung in den Glauben zu wagen, hilft nicht weiter, führt allenfalls zur Hysterie.

„Ein echtes Ergebnis. Jetzt überprüfen wir die kirchlichen Rituale, Symbole, Lehren daraufhin, ob sie Geborgenheit und Urvertrauen vermitteln."

„Bitte, bitte nicht. Ich habe keine Lust, wieder gegen etwas zu sein, mich abzugrenzen, etwas als negativ abzustempeln. Ich setzt meine Energien nur für eine sinnvolle Weiterentwicklung ein."

Das wollte Markus auch und vertiefte sich erneut in die „Macht der inneren Bilder".

30. April 2017

Wieder einmal ging es um Schuld und Scham. Markus, der wusste, wovon er redete, verwies auf den Jung-Schüler Erich Neumann, der das Phänomen schon bei kleinen Kindern auf den Nenner bringt: „Du bist böse, denn die Mutter liebt dich nicht." Hat dieses Kind schon begriffen – im Gegensatz zu glücklichen Kindern – was Erbsünde ist? Kann man ihm „zusagen", dass es durch Christi Leiden und Sterben erlöst ist?

Niemand lachte über diese irrwitzige Frage. Alle gingen dem Phänomen nach, dass Ungeliebtsein, Ausgestoßenwerden, von den Betroffenen oft - total irrational – als Schuld erlebt wird. Der Zusammenhang von Ausgestoßensein und Schuldgefühlen scheint eine anthropologische Konstante zu sein. Das Dazugehören ist für Tier- und Menschenkinder überlebensnotwendig, und auch ohne religiöse Überhöhung sofort einsichtig.

„Jesus hat die Kinder auf den Arm genommen, sie geherzt und geküsst, und weder ihnen noch „denen, die sie trugen" erklärt, er müsse erst für die Sünden der Welt sterben, bis er die 'Kindlein' lieben könne."

Am Abend erfasste Markus mit einem Mal ein Freiheitsgefühl, wie er es noch nie erlebt hatte. Er war durch. Es war vorbei. Endgültig konnte ihn die Kreuzestheologie nicht mehr schrecken. Jesus ist nicht für uns gestorben. Er hat für uns gelebt. Natürlich waren ihm diese Gedanken nicht neu, aber sie hatten noch nie so tief in ihm gewirkt.
„Er ist niedergefahren in meine Hölle zu all den grausamen Interpretationen, die mir als heilsnotwendig verkauft wurden. Und er ist auferstanden von den Toten. Zum ersten Mal in

seinem Leben erschien er ihm als leuchtendes Bild – wie gemalt von Matthias Grünewald. Er hatte keine Mühe, diese leichte, freie Gestimmtheit mit seinen Erkenntnissen über die „Macht der inneren Bilder" zu verbinden. Ihm war, wie unzähligen anderen, das Bild des leidenden, sterbenden Christus eingraviert und durch ständige Wiederholung befestigt worden. Die Gravur reichte in eine solche Tiefe, dass alle rationalen Eliminierungsversuche vergeblich gewesen waren. Bis ja, bis es doch geschehen war. Das Bild wurde überschrieben, überlagert von einem Bild, dass aus noch größerer Tiefe aufstieg: Das Bild eines unendlich zugewandten, überlegenen Meisters, eines wahrhaft gotterfüllten Menschen. Wieder einmal fühlte er sich bestätigt durch Hans Peter Dürr, der sagte: „Die Geschichte berichtet immer wieder von begnadeten Persönlichkeiten, die in einem historisch kritischen Augenblick, aufgrund ihrer hohen Sensibilität und der damit verbundenen tieferen Einsichten, die Fähigkeit hatten, Öffnungen des bisher Verborgenen zu bewirken. Es besteht dabei die Tendenz, den Auslöser solcher neuen Entwicklungen als ihre eigentliche Quelle anzusehen. Dies zu bezweifeln entwertet die Bedeutung des Einzelnen als Auslöser nicht, sondern sollte im Gegenteil alle in ihrer Einzigartigkeit ermutigen: 'Auch du kannst ein Auslöser werden, wenn du erkannt hast, dass das Herz uns allen gemeinsam ist. Wenn du liebst, dann machst du die Welt liebender und lebendiger'" (57). In Markus tanzte es. Was für eine Freiheit. Es war so schön!

05. Mai 2017

Trotz und allem - ein Tief. Wieder haderte er mit seiner Kirche, fühlte sich auf eine ganz tiefe Art und Weise betrogen. Alle seine Versuche, Leben aus den steinernen Tafeln zu schlagen – gescheitert. Das Schlimmste war das Versprechen gewesen, bei uns kann jeder selbst denken. Wir sind auf der Höhe der Zeit.

Markus war es so leid, darüber nachzudenken. Warum nur ließ ihm dieses Problem immer noch keine Ruhe. Er wurde doch in Ruhe gelassen – Religionsfreiheit. Ihm war zum Grübeln, und so grübelte er ziellos vor sich hin.

Da sah er einen Kastanienbaum in einem Blumenkübel. Er rechnete sich aus, wie lange dieser kräftige Baum noch Nahrung in dem Topf fand. Entweder wurde er ins Erdreich gesetzt oder er würde eingehen. Dieses Bild tröstete ihn. Auch ihm war im Blumentopf die Nahrung ausgegangen. Die Wurzeln brauchten anderes und mehr. Nun er konnte es finden, immer wieder neu. Warum trauerte er dem Blumentopf nach? Weil er keinen Rahmen, keine Form im Neuland hatte? Weil er denken und tun konnte, was er wollte? Weil das niemanden interessierte und ihn niemand einschränkte? Wenn er wollte, konnte er seine eigene Kirche gründen. Warum nicht? Aber dann fehlte ihm die Kontinuität, der Bezug zur Vergangenheit, die Väter und Mütter. Wie gerne würde er alle Kirchen-Bonsais in frische, nahrhafte Erde umpflanzen, damit Neues aus dem Gewordenem würde!

09. Mai 2017

Und dann führte ihn die „innere Reise" in eine Kirche. Von einem unsichtbaren Fenster fiel ein breiter Streifen farbigen Lichts bis zum Altar. Wie auf einer Himmelsleiter krochen nackte, erbarmungswürdige Gestalten nach oben und gelangten irgendwie ins Freie.

„Sie werden abstürzen", fürchtete Markus. Sie fielen auch, aber in ein wogendes Meer voller Musik, voll steigender und fallender Tonfolgen, brausend wie der Geist vieler Jahrhunderte, verwehend wie ein zarter Hauch. Und aus dem gewaltigen Chor, geboren aus Schmerz und Freude, stiegen Melodien empor, wanden sich höher und höher, fielen zurück, erhoben sich erneut – herzzerreißende Lieder, gleichzeitig voller Sehnsucht und Erfüllung.

Markus sah die bleichen Gestalten nicht mehr, aber er wusste, sie badeten in den himmlischen Gewässern, atmeten die Freiheit, nach der sie sich immer gesehnt hatten, und erlebten die Lust der tiefen, tiefen Ewigkeit (Nietzsche).

Markus wusste, es waren die Sinfonien Beethovens, die raum- und zeitsprengend sein Erleben hervorgerufen hatten. Von der „Reise" zurückgekehrt, googelte er die Lebensdaten Beethovens. Es war ihm peinlich, sie nicht zu kennen. Aha, ein Zeitgenosse von Goethe und Schiller und der französischen Revolution.

So also hatte sich der Schrei nach Freiheit ausgedrückt, der Kampf gegen die alten Autoritäten, der Kampf gegen die Fesseln des Denkens, der Kampf des Individuums gegen die

Kräfte der politischen und persönlichen Restauration.

Wenn es überhaupt Propheten gab, dachte Markus weiter, dann waren es die Schöpfer solch gewaltiger Kunstwerke. Und es schien ihm, als seien die gigantischen Kämpfe noch immer im Gange um das, was letztendlich Erlösung ist.

Was für eine Predigt in der Sprache der Musik, die Grundfesten des Daseins berührend, jenseits all dessen, was man unter Konfession verstand. Nie wieder würde er als eins der bleichen Wesen den Weg zurückwählen in eine modrige Kirche mit dünnen Heilszusagen in einer Sprache, die ihren Klang und ihre Schönheit verloren hatte.

10. Mai 2017

Wenn er seine Entwicklung der letzten Monate zurückverfolgte, kam er wieder und wieder zu dem Schluss: Es war der Schamane gewesen, der den Startschuss gegeben hatte. Der ihm etwas eröffnet hatte, was Karlfried Graf Dürckheim eine „Große Erfahrung" genannt hatte (58). Zum Glück fühlte er sich nun nicht „besonders" und verspürte auch keinen Drang, etwas Außergewöhnliches zu tun. In der Tiefe hatte sich einfach etwas verändert, und so war es gut.

12. Mai 2017

Eines Tage stand er wieder vor der Tür, der Profiler.

„Hallo, alter Junge", begrüßte er Markus. „Kann ich dich mal von deinem Religionserneuerungstrip ablenken?"

Markus schwante nichts Gutes. Dennoch reizte es ihn, sich Max Problem anzuhören.

„Die Kollegen haben mir einen Fall zugeschoben, mit dem sie aus humanen Gründen nichts zu tun haben wollten."

„Aus humanen Gründen?" Markus war erstaunt.

„Hör zu. Die Streife brachte einen Mann auf's Präsidium, um die sechzig, wache Augen, klug, sehr überlegt, ein Religionswissenschaftler. Dieser Mann hatte einen eineinhalb Meter großen Playmobil-Luther mit Benzin übergossen und angezündet. Bei der Vernehmung gab er an, ein Zeichen setzen zu wollen gegen den augenblicklichen Reformationsrummel, der Luther zu einem Humanisten und Freiheitskämpfer stilisiere. Dabei sei der Kern seiner Lehre menschenverachtend. 'Ich armer, elender, sündiger Mensch'. Der Mensch 'ein Sündendreck'. Bei der Befragung an diesem Punkt angekommen bist du mir natürlich eingefallen. Das ist doch dein Thema."

„Gewesen", meinte Markus lakonisch.

„Ich habe einen ziemlich abgedrehten Vorschlag. Vielleicht machst du ja mit. Wir könnten eine schamanische Reise zu zweit unternehmen, wie du sie mir vor Monaten beschrieben hast. Vielleicht kommt uns eine Idee, wie wir mit diesem sympathischen Menschen umgehen können, so dass dem Gesetz Genüge getan wird ohne das es weh tut."

Markus erinnerte sich, wie nahe er zeitweise selbst an solchen Leuchtfeueraktionen gewesen war und sagte zu.

Sie einigten sich auf die Fragestellung: Welche Maßnahmen sollen ergriffen werden, ohne dass das Anliegen dieses Mannes lächerlich gemacht wird.

Und ab ging es in die Innenwelt.

Markus sah sich als kleines Kind in einem Sandkasten. Irgendjemand schaufelte Sand auf ihn und aus dem Off sagte eine Stimme: „Spende".

Max hingegen sah, wie der alte Herr im Begriff war, sich an einem Ast aufzuhängen. Er rannte zu ihm hin und brüllte: „Nein, nicht doch" und befreite ihn.

„Klassischer Fall von aktiver Imagination", dozierte Markus. „Du greifst aktiv in die Imagination ein. So hast du die Bilder und nicht sie haben dich."

Markus Bericht elektrisierte Max. „Ja, der Vorfall ereignete sich auf einem Kinderspielplatz mit einem großen Sandkasten. Zum Glück war niemand in der Nähe, als das Playmobil-Männchen in Flammen aufging. Spende – da klingelt es bei mir. Was hältst du von der Idee?"

Er erzählte Markus von einem erfolgreichen Werbe-Manager, der gemeinsam mit ihm studiert hatte. Vielleicht gelänge es, Spenden für das hohe Bußgeld zu sammeln, das der alte Herr mit Sicherheit zahlen müsste.

Dem Werbeprofi machte der Gedanke Spaß, sich einmal in einem völlig anderen Gebiet zu tummeln.

„Also", sagte er dem alten Professor, „die Medien haben über sie berichtet, reichlich und detailliert. Einem Strafverfahren werden sie nicht entgehen. Aber Justitias Mühlen mahlen langsam. Wenn ich ihnen raten darf: Geben sie ein Interview, beteiligen sie sich an einer Talkshow. Nicht mehr. Fahren sie dann in die Berge oder ans Meer und schreiben sie ihr Buch über den Post-Protestantismus. Den Rest erledigen wir hier – Internet, soziale Netzwerke. Noch ein paar Infos. Wo vermuten sie denn das verschlafene liberale Christenvolk, das selbstgenügsam den Fundamentalisten das Feld überlässt?"

„Zum Beispiel unter den Pfarrern, den Religionslehrern, den Sozialarbeitern, den Erziehern und Jugendreferenten (59). Sie alle halten sich bedeckt, weil sie zu Recht um ihre Arbeitsplätze fürchten. Aber sie arbeiten mit der kommenden Generation. Und ich will, dass die Kirche 'enkeltauglich' wird."

„Ah, das ist gut. Eine 'enkeltaugliche Kirche'."

Ein Bild vom brennenden Playmobil-Luther auf dem Kinderspielplatz, ein paar Zeitungsberichte, ein Statement des Professors und ein Aufruf, den Mann zu unterstützen, der vielleicht mit seiner Aktion für eine lebendige Kirche in der Zukunft mehr getan hatte als Theologen, die immer noch von Paulus und Augustinus schwärmten.

Natürlich bestand die Gefahr, dass die Aktion ins Leere lief, weil die Gleichgültigkeit gegenüber der Kirche und ihren Lehren schon zu groß geworden war. Entsprechende Kommentare gab es auch: „Ich spende lieber für die Humanistische Union oder die Skeptiker-Zeitschrift. Von einem toten Gaul soll man den Sattel nehmen." Andere fanden die Idee „abgefahren" oder „cool". „Mir ist es egal, ob es diesen Verein gibt oder nicht. Aber eure Aktion ist rattenscharf.

Fünf Euro von meinem Hartz-IVGehalt."

Und so kamen sage und schreibe 8 000,-- Euro zusammen, schmorten auf einem Spendenkonto und warteten auf ihren Einsatz. Als der Tag der Verhandlung kam, war der Gerichtssaal überfüllt. Das Verfahren lief wie erwartet: 5 000,-- Euro Bußgeld und 50 Sozialstunden in einer Klinik für Kinder mit schweren Verbrennungen. Der Angeklagte akzeptierte das Urteil sofort und versprach den wartenden Journalisten Interviews, wenn er seine Sozialstunden abgeleistet hätte.

Im Krankenhaus war der alte Herr schon bald ein beliebter Großvater, der wunderschöne Geschichten erzählen und noch besser zuhören konnte.

„Können sie nicht noch mal etwas in Brand setzen, zum Beispiel die Richtlinien für die Schulpolitik?" fragte der Chefarzt bei der Verabschiedung, nachdem er den vollen Betrag der Spendengelder in Empfang genommen hatte. Der alte Herr lächelte sein feines, menschenfreundliches Lächeln und erwiderte: „Sehen sie, diese Aktion hat mich etwas gelehrt. Ich zitiere mal einen Bericht aus den Evangelien, garantiert nicht von Paulus oder Augustinus: 'Und er nahm die Kindlein, und küsste sie und segnete sie'." Von nun an kam er jede Woche für einige Stunden und tat, was sein Meister ihn gelehrt hatte.

25. Mai 2017

Und dann doch die Operation. Schneller als erwartet. Der Narkkosearzt setzte den Schlauch auf die Nase: „Das ist der Stoff aus dem die Träume sind. Wovon wollen sie träumen?"

„Vom Universum", sagte Markus.

„Ah die Ringe des Saturn, die Jupiter-Monde."

Das hört er schon nicht mehr. Als er wach wurde, konnte er sich an nichts erinnern. Er war in einem apparatetickenden, füsorglichen Hier und Jetzt gelandet. Temperatur, Blutdruck, Puls. „Haben sie Schmerzen?" Die Infusionen, die Tabletten, die Spritzen. Das war sein Universum. Und so blieb es auch für Tage. Keine inneren Reisen, keine Aha-Erlebnisse. Seine Erfahrungen in dieser ungewöhnlichen Situation hatte er sich anders vorgestellt.

Nach einigen Tagen wanderte er mit Gehhilfen durch die großzügigen, geschmackvollen Flure und Hallen der Klinik, durch den Garten mit seinen einladenden Rasenflächen, Rosen und Kräuterbeeten. Alles entsprach modernen Prinzipien, Natur und Kultur im Gleichgewicht.

Markus aber langweilte sich unendlich. Die Operation war gelungen, die Ärzte waren kompetent, die Betreuung war gut, die Umgebung angenehm. Was wollte er sonst noch?

Die Tiefe wollte er spüren, das, was dahinter oder darunter war unter der perfekt gestalteten Oberfläche. Der Satz „Oberflächen, nichts als Oberflächen" (60) fiel ihm ein. Es gab doch mehr als den gekonnten Umgang mit der Materie. Nur mühsam erinnerte er sich an seine Erfahrungen von Aufgehobensein in einem großen, weiten Raum. Er war verwirrt. Hatte er sich das alles nur eingebildet mit den inneren Reisen, den Helfern, den Botschaften? Musste sein Gehirn nur einmal mit ein paar Chemikalien aus dem BTM-Schrank gedopt werden und sofort war seine Persönlichkeit reduziert auf ein paar vitale Funktionen? Kein Geheimnis, kein Dahinter, kein Darüberhinaus. „Klopfet an, so wird euch aufgetan", hieß es doch. Und so versuchte er sein Glück in der Krankenhauskapelle. Gepflegtes, sauberes neunzehntes Jahrhundert erwartete ihn. Heiligenfiguren mit glatten, schicksallosen Gesichtern. Ihn fröstelte in diesem Museum erstorbener Symbole. Nichts wie weg.

01. Juni 2017

Die Reha, „Trainingslager" wie Markus sagte. „Bewegen, bewegen, bewegen – aber richtig." Markus war beeindruckt von den Leistungen des Gesundheitswesens in der wirtschaftlich funktionierenden Bundesrepublik. Neue Hüfte, neues Knie, das Alter spielte keine Rolle und auch nicht die gesellschaftlich verwertbare Leistungsfähigkeit. Es amüsierte ihn zwar, das bei den Angeboten der Klinik Seelsorge weit hinter „gemeinsamen Kochen" rangierte, aber immerhin.

War da mal etwas mit schamanischem Heilen, mit Geistheilen, mit der Reise in die nächste Dimension gewesen? Markus konnte sich kaum erinnern. Überhaupt hatte er Schwierigkeiten, etwas jenseits des Klinkalltages aufzunehmen, geschweige denn, über irgendetwas zusammenhängend nachzudenken.

„Verdammt noch mal! Viktor Frankl, dem Begründer der Logotherapie, war es im KZ bei hohem Fieber gelungen, an seinem psychologischen Standardwerk weiterzuschreiben, und zwar mit einem Bleistiftstummel auf Zeitungsrändern" (61).

Markus bescheinigte sich, einer von den Armen zu sein, deren Geist zwar willig, deren Fleisch aber schwach war.

Jeden Tag von Neuem wollte er seine Hypothesen über innere Bilder ausbauen. Und jeden Tag von Neuem ertrank dieser Vorsatz in Physio- und Ergotherapie, in Röntgen, Blutabnahme und Gewichtskontrolle, in Frühstück Mittagessen und Abendbrot.

13. Juni 2017

„Ob ich noch einmal aus dieser grässlichen Oberflächlichkeit aufwache?" Markus trauerte um seine inneren Reisen, seine Gespräche mit den inneren Instanzen. „Oberflächen, nichts als Oberflächen!"

„Die Werte sind gut", meinte der Doktor, „Beweglichkeit in Ordnung. Trainieren sie weiter, mindestens zweimal in der Woche, sonst bringt es nichts. Ja, ja, die Spezialisierung. Sie sehen den lädierten Wirbel aber nicht, dass das Hauptübel die Hüfte ist, durch die der Wirbel chronisch überlastet ist. Nichts gegen Spezialisten, aber es fehlen uns die Ärzte mit Weitblick."

Hätte ihm ein Schamane besser helfen können? Hätte er die nekrotische Hüfte wieder zu neuem Leben erweckt? Markus dachte an die Zahnlücken, mit denen so viele Nepalesen geschmückt sind.

Zweifellos geht es um die Integration verschiedener Ansätze. Markus versuchte seine Enttäuschung durch diesen Gedanken zu relativieren.

18. Juni 2017

Zeit zum Innehalten. Wie war die Zeit im Krankenhaus? Vier Wochen in einem Ausnahmezustand und kein Hinweis, kein inneres Bild. Es erschien ihm das alles weit weg und wie zu einem nichtssagendem Punkt zusammengeschrumpft. Mühsam erinnerte er sich an beglückende und überraschende Erlebnisse. Hysterie? Phantastischer Selbstbetrug? Immerhin war er in der Lage, sich diese Fragen zu stellen.

Eins allerdings erstaunte ihn im Nachhinein: Trotz dieses öden, langweiligen Überlebensmodus hatte er sich niemals verloren oder allein gefühlt. Irgendetwas oder irgendjemand hatte ihm hindurchgeholfen. Er dachte an die Geschichte von den Fußspuren im Sand, die stellenweise fehlten. „Da habe ich dich getragen", hatte der Herr gesagt.

Einmal war er im Krankenhausgottesdienst gewesen. Das verbale Beschwören der persönlichen Nähe des „guten Gottes" hatte ihn mit leiser Wehmut an sein Jurten-Exeriment erinnert.

Es gab aber ein Erlebnis, minimal, zufällig, das ihn mehr als nachdenklich machte. Bei Tisch kamen sie auf Großmütter zu sprechen.

„Meine Großmutter war eine fröhliche Frau. Ihr Lieblingslied war 'Geh aus mein Herz und suche Freud'. So ist das Lied auch für mich etwas Besonderes geworden. Und, was soll ich sagen? Als ich voller Dankbarkeit nach der gelungenen Op einen Gottesdienst besuchte, wurde eingangs gesungen: 'Geh aus, mein Herz'."

Da musste auch Markus mit den Tränen kämpfen. „Mein Himmel", dachte er später, „so etwas Schönes, so etwas Authentisches. Es gibt wirklich noch Leben im guten alten Christentum. Oder anders: Es gibt überlieferte Formen, die tatsächlich unter bestimmten Bedingungen auch heute noch das Herz erreichen."

Und für einen Augenblick tauchte er ein in die ungeheure Vielfalt und Wucht der Traditionen, wie die Altvorderen sie seit Jahrtausenden hinterlassen hatten.

„Dennnoch", war sein trotziges Fazit, „weder punktuelle, persönliche Betroffenheit,, noch gut besuchte Passions-Oratorien, noch bemerkenswerte Filme, noch die ARD-

Themenwoche „Was glaubst du?" konnten den enormen Reformstau kaschieren, unter dem das gute, alte Christentum litt.

03. Juli 2017

Markus versuchte weiter, sich einen Reim zu machen auf das Schweigen der inneren Instanzen, an die er sich so sehr gewöhnt hatte. Schließlich einigte er sich mit sich selbst auf die Version, dass er ja nicht in einer indigenen Kultur aufgewachsen wäre, die die intuitiven, nicht-rationalen Kräfte gefördert hätte. Dennoch hatte er einen kleinen Einblick in die Welt dieser Bilder und Kräfte gewinnen können. Mehr nicht. Aber dieses Wenige hatte gereicht, sich in nie gekannter Weise mit seinem Gewordensein auseinanderzusetzen und so mehr er selbst zu werden. Darauf wollte er auch in Zukunft nicht verzichten. Er war bereit, den Preis zu zahlen, den die innere Welt verlangte, nämlich den Geschenkcharakter zu achten und sich niemals, wirklich niemals, berechtigt zu fühlen, irgendwelche Forderungen zu stellen.

Wenn er es recht bedachte, hatte er sich auch im Krankenhaus nicht verlassen gefühlt. Etwas hatte ihn gehalten und getragen. Weder Angst noch Depression hatten ihn gepackt – Dämonen, die er von früher gut kannte.

Jetzt aber, da es nicht mehr ums pure Überleben ging, wie wollte er nun weiter mit seiner inneren Welt leben, dieser Welt jenseits von Denken und Rationalität? Er wartete und war offen.

Er hörte einen Vortrag „Heilen und Kirche" (62). Eine Theologin erzählte von christlichen Kirchen in China und

Afrika, in denen Heilungen ganz selbstverständlich waren. Die Menschen aus abgelegenen Dörfern ohne Arzt und Krankenstation kamen in die Gemeinden und sagten: „Wir haben gehört, dass euer Jesus ein guter Heiler ist. Wir brauchen Hilfe." Oft geschahen tatsächlich Heilungen und die Gemeinden wuchsen. Reformierte Kirchen hingegen, die sich diesen Bitten verweigerten, verloren Mitglieder. Aus diesem Grund befassten sich inzwischen Synoden aufgeschlossener mit dem Thema.

Die Referentin äußerte ihr Erstaunen über eine westliche Theologie, die die vielen Heilungsgeschichten im NT als Randerscheinungen betrachtete und sich weiterhin auf das „Sühnegeschehen" konzentrierte.

Markus traute seinen Ohren kaum. Solche Überlegungen hatte er der altersgrauen Kirche gar nicht zugetraut. Es gab also ein Umdenken und sei es nur unter dem Druck der Verhältnisse – sprich: Abstimmung mit den Füßen. Wenn er für seinen Weg auch keinen kirchlichen Segen erwartete, freute es ihn doch, dort Tendenzen zu finden, die gar nicht so weit von seinen Erlebnissen und Erfahrungen entfernt waren.

Er fühlte sich noch mehr bestätigt, als er „Es werde Licht" las, wo Kenner der Quantenphysik sich ebenfalls positiv zu den Phänomenen äußerten, die er erlebt hatte: „Genauso könnte es auch heute von Nutzen sein, die vagen Anteile unseres Denkens, die Intuitionen, die kreativen Einfälle, die tiefen emotionalen Betroffenheiten und Ähnliches ernstzunehmen, ihrem Grundgehalt auf einer neuen quantenphysikalischen Basis nachzuspüren und ihn zu vertiefen, um so leichter mit diesen Phänomenen umzugehen, sobald wir mit ihnen konfrontiert werden (63)."

Wieder fiel ein Stück der Hemmung von ihm ab, die ihn von Jugend an am freien, selbstständigen Denken und Verhalten gehindert hatte. Er konnte nun zu seinen Erlebnissen und Erfahrungen stehen. Sein falsches, angelerntes Selbst bekam zunehmend Risse, und das, was ihm wirklich zu eigen war, schimmerte hindurch.

07. Juli 2017

Markus saß im Café und las etwas über „Protestantismus in Geschichte und Gegenwart". Es verblüffte ihn, dass die Pfingst- und charismatischen Kirchen weltweit über eine halbe Milliarde Mitglieder zählten. Auch das sei eine Entwicklung auf dem Boden der „Protestantismen" wie der Autor Friedrich Wilhelm Graf schrieb. Und Heilen gehörte hier zu den Gaben des Heiligen Geistes, allerdings gekoppelt mit „strenger asketischer Selbstdisziplin und der Bereitschaft, mehr und härter zu arbeiten und weniger in den Tag hinein zu leben und mit harten dogmatischen wie moralischen Absolutismen und dem Ausschluss alles kritischen Raisonnements und Glaubenszweifel" (64). Die Ausmaße eines weltweiten Protestantismus waren ihm nie so recht klar gewesen. Da glaubte er, mit „Heilen" eine verloren gegangene Dimension des Religiösen wiedergefunden zu haben, und dabei schrie ein ganzer Chor – wie im Märchen von Hase und Igel: „Wir sind schon da. Heilen gehört bei uns zum 'religiösen Geschäft'." Während er darüber nachdachte, verfolgte er auf einem großen Bildschirm die beunruhigenden Nachrichten vom G 20 Gipfel in Hamburg. Brennende Autos, über hundert verletzte Polizisten, Wasserwerfer, Molotow-Coctails. Auch hier ging es um Protest. Wären die Autonomen vom „schwarzen Block" durch eine wirklich aufgeklärte Religion zu befrieden?

09. Juli 2017

Je mehr Markus sich wieder als Herr im eigenen Haus fühlte, desto mehr vermisste er seine „inneren Reisen". Gerade hatte er in „Publik Forum" die Artikel gelesen „Ohne Erbsünde Glauben" (11/2017) und die Erwiderung von Eugen Drewermann „Warum wir die Erbsündenlehre nicht verwerfen sollten – und wie wir sie richtig verstehen"

(13/2017). Richtig begeistert war er von Worten Heiner Geisslers: „ Die Sündentheologie des Martin Luther, die Erbsündenlehre des Paulus und Augustinus und Rechtfertigungsdogmen beider Kirchen, die den Menschen alle zuschieben, sind nicht maßgebend für das Christsein und versperren den Weg zu einem möglichen Gott" (65).

Sagten seine inneren Instanzen etwas zu diesen Themen, die ihn beschäftigten wie nichts anderes, und was sagten sie? Er begab sich auf die Reise und fand sich bald in einem dunklen Gang, der von Fackeln ein wenig erleuchtet wurde. Neben ihm ging ein kleines Kind, weißgekleidet und strahlend. Bald kamen sie in eine Art Felsengrotte, deren Wände über und über mit Bildern behängt waren. Die Bilder hatten alle dasselbe Thema: Kreuzigungsszenen. Gegenständliche und abstrakte, alte und neue, unter anderem auch das Gemälde von Lovis Corinth, das er als Cover des Grundlagentextes „Für uns gestorben" kannte. Eins nach dem anderen strich er die Bilder mit einem Rotstift durch. Da wurde der ganze Raum weiter, höher und wie in überirdisches Licht getaucht. Markus verstand, dass sich ihm eine Dimension offenbarte, die trotz Leid, Elend, Ungerechtigkeit und der Frage nach der Gerechtigkeit Gottes immer da war und einen Sog ausübte, wie der Punkt Omega bei Teilhard de Chardin (66). Vorbei die

Auseinandersetzungen mit „O Haupt voll Blut und Wunden"
und dem „Schmerzensmann", der die Sünden der Welt tragen
muss. Für ihn hatte diese Gestalt ein jahrtausendealtes
Interpretationsgefängnis verlassen, bereit, ihn zu begleiten,
machtvoll und weltüberwindend. So war es gut, alles war gut.
Nichts zog Markus in den Alltag zurück. Aber selbst in der
Bibel konnten die Jünger nicht auf dem Berg der Verklärung
bleiben (67).

21. Juli 2017

„Was hat es dir gebracht, das Jahr mit den Schamanen?" fragte
Gregor, der Psychiater, ironisch. „Sind dein Körper und deine
Seele gesunder geworden?"

„Ich verstehe", meinte Markus, „du siehst, dass ich nach der
Op immer noch humpele und ohne die Wohltaten unserer
Schulmedizin wohl gar nicht mehr laufen könnte. Soweit ist
deine Ironie berechtigt, aber nur soweit. Denn ich habe einen
weiten Weg zurückgelegt, war in den Kellern meiner Kindheit
und in den Verließen meiner Religion und Hurra – ich lebe
noch! Ich lebe so gut wie noch nie. Ohne die „inneren Reisen"
mit ihren Imaginationen hätte ich das nicht geschafft."

„Das heißt, du hast so eine Art Psychotherapie durchlaufen?"

„O ja. Ich glaube sogar, eine unserer gängigen Methoden hätte
mich nicht so weit gebracht."

„So weit gebracht! Bis wohin denn?"

„Zum ersten Mal habe ich das Gefühl, die Fesseln meiner
religiösen Sozialisation wirklich abgestreift zu haben – nicht
nur im 'Kopf', auch im 'Bauch'."

185

„Und so humpelst du glücklich in die Freiheit."

„Spotte nur! Besser wäre es, du würdest dir von meinen Erfahrungen etwas abschauen – für deine Patienten, vielleicht auch für dich."

„Was ist denn nun der Kern deiner Methode. Ich nehme an, es ist nicht die Suche nach Adlerfedern oder der Anbau von Ayahuasca auf dem Balkon."

„Es ist die Eigendynamik der inneren Bilderwelten, auf die man sich einlassen muss. Sie erweitern auf nicht vorhersehbare Weise das Wissen von dir selbst, machen vieles bewusst, was sonst gestaltlos im grauen Nebel wabert. Das ist oft gar nicht lustig, aber niemals bedeutungslos."

„Sag mal ein Beispiel."

„Ich wusste nicht, dass mir in meiner religiösen Vergangenheit jegliches Grund- oder Urvertrauen verloren gegangen war. Ich wusste nicht, wie abhängig ich von dem Wohlwollen oder der Ablehnung meiner Mitmenschen wirklich war. Ja, ich denke manchmal, dass sogar meine Knochen davon die Nase voll hatten. Das Schlimmste aber war diese Gestalt am Kreuz, die mich erlösen sollte – vorausgesetzt, ich gehörte zu den Auserwählten."

„Und wie hast du's jetzt mit dieser Gestalt am Kreuz?"

„Sie hat sich in ein Wesen voller Licht und Kraft verwandelt. Ich konnte das akzeptieren. Das war das Größte überhaupt."

„Und nun wirst du Religionsgründer?"

„Ganz bestimmt nicht. Ich möchte etwas anderes ergründen. Und wenn du mal aufhören würdest zu frozzeln, könnten wir es vielleicht zusammen angehen."

„Jetzt bin ich aber gespannt."

„Ich möchte die Kraft, die Wirkungsweise der inneren Bilder erforschen. Wer oder was erschafft sie, unter welchen Bedingungen gehen sie mit der bewussten Persönlichkeit in Resonanz. Unter welchen Voraussetzungen können sie unseren Organismus beeinflussen und umgekehrt. Und vor allem: Wie interagieren innere und äußere Bilder?"

„Und was versprichst du dir von solchen Studien?"

„Es reizt mich ungemein, vor allem die religiösen Bilder in unserer Kultur einmal so abzuklopfen. Ich bin überzeugt, das befreit uns von viel dogmatischen Überfluss und lässt unsere Religion wieder sprechen, leuchten und heilen."

„Na, wahrscheinlich brauchst du drei Leben, um nur die relevante Literatur zu lesen."

„Ist mir doch egal. Ich strebe ja nichts an. Falsch, ich strebe schon etwas an, nämlich einer Frage nachzugehen, die mich interessiert wie nichts anderes auf diesem Globus."

„Ich glaube, ich gehe mal mit zu den Schamanen. Wann ist denn das nächste Treffen?"

„Ende Oktober."

23. Juli 2017

Immer mehr wurde Markus von einer fixen Idee beherrscht:
Wie wäre es, wenn er sein Tagebuch, das er seit dem Ritual mit
dem nepalesischen Schamanen geführt hatte, veröffentlichte?
Der Gedanke kitzelte ihn geradezu. Das wäre doch nicht
schlecht als Kontrapunkt zu der Luthereuphorie. Würde er
Kopf und Kragen riskieren? Vater Staat als Arbeitgeber würde
es gelassen sehen. Warum also nicht? Doch dann überfielen ihn
Skrupel und zerfetzten ihn fast. Was hätte er einem imaginären
Publikum außer persönlichen Befindlichkeiten denn zu bieten?
Er konnte ja nicht auf profunde Forschungen zurückgreifen wie
z. B. Kurt Flasch: „Warum ich kein Christ bin?", der auf die
Bestechungsversuche von Augustinus gestoßen war, mit denen
er seine verschärfte Erbsündenlehre durchsetzen wollte (68). Er
hatte auch nicht soviel Erfahrungen wie Martin Urban: „Ach
Gott, die Kirche" oder so detaillierte Kenntnisse wie Heinz-
Werner Kubitza: „Der Dogmenwahn", Klaus Peter Jörns:
„Notwendige Abschiede" oder Heiner Geißler: „Was Luther
heute sagen müsste".

Andererseits würden ihn selbst Erfahrungen und Überlegungen
eines Lehrers interessieren, der jungen Menschen die
Überlieferungen verständlich interpretieren wollte.

Zum Glück gab es „innere Reisen", um sich Rat und Hilfe zu
holen. Das erste Bild war eindrucksvoll. Er sah sich wie
Sterntaler mit einem Hemdchen voller Goldstücke bekleidet.
So stand er an einem Rednerpult, sprach zu einem Saal voller
Menschen und schämte sich wegen seines Aussehens masslos.
Um seine Hörer zu beeindrucken, warf er die Goldstücke ins

Publikum. Die Hälfte der Besucher freute sich, die andere Hälfte schimpfte und lachte ihn aus. Verzweifelt und mit dem Vorsatz, sich niemals einer solchen Situation auszusetzen, gelangte er in einen zweiten Raum, in dem eine friedliche, freundliche Stimmung herrschte. Im Boden waren ovale Becken eingelassen, um die sich kleine Gruppen von Menschen versammelt hatten und ihre Füße im Wasser badeten. Markus war einer von ihnen. Er war zufrieden, ruhig und ausgeglichen.

Wieder in der Alltagswirklichkeit, fand er die Botschaft eindeutig: Behalt deine Erlebnisse für dich, bzw. teil sie in kleinen Gruppen mit Gleichgesinnten, aber mach keinen Hip daraus. Allerdings war die Angelegenheit damit doch nicht erledigt. Der Gedanke beschäftigte ihn weiter. Also würde er aufmerksam sein und warten, ob etwas geschähe.

29. Juli 2017

Markus brachte sein Nachdenken über „innere Reisen" auf den einfachen Nenner: Imaginieren ist wie Singen eine normale menschliche Fähigkeit. Man kann sie auf sich beruhen lassen oder üben; dann kann sie zu einer zusätzlichen Erkenntnisquelle werden – ganz natürlich, ohne Geheimnistuerei. Das erlaubte ihm, sich immer unbefangener auf sein „Hobby" einzulassen. Außerdem war klar: der Herr der Bilder war er.

05. Aug. 2017

Immernoch überlegte Markus hin und her: veröffentlichen, nicht veröffentlichen. Welche Kriterien hatte er? Eine „innere Reise" brachte manches aber keine Klarheit. An einem Fluß vorbei führte der Weg in einen dunklen Wald zu einem Baum, in dem eine riesige Eule aus feurigen Augen blickte. Darunter saß auf einer Bank eine Kapuzengestalt. Markus setzte sich zu ihr und erschrak nicht, als er dem Tod ins Gesicht sah. Auch, als eine knochige Hand nach ihm griff, ängstigte ihn das nicht.

„Gut", sagte der Tod, „du hast die richtige Einstellung."

„Das betrifft aber nicht Krankheit und Schmerzen", beeilte Markus sich zu sagen.

„Diese Ängste sind realistisch, die Furcht vor mir nicht."

„Ist nun alles zu Ende?"

„Nein, noch bist du nicht dran."

„Was muss ich tun?"

„Dein Herz wird es dir sagen."

„Ich bin so unsicher."

„Du hast Kriterien. Richte dich danach."

„Ich will keinen Schaden anrichten."

„Gut so, dann weißt du, was zu tun ist."

13. Aug. 2017

Nach viel fruchtbarem und unfruchtbarem Nachdenken hatte
Markus deutlich das Gefühl, etwas wolle sich verändern bei
seinen „inneren Reisen". Und so war es auch. Nach
chaotischen Bildern verabschiedeten sich seine bisherigen
Begleiter und es erschien eine Christusgestalt.

„Was muss ich in meinem Leben noch tun?" fragte er. Eine
direkte Antwort erwartete er nicht, er war einfach aufmerksam.
Neben der hellen Gestalt ging eine dunkle. Markus wusste
intuitiv, dass es „Die Mutter" war. So gingen sie schweigend
nebeneinander und der Weg entstand beim Gehen. Markus
genoss es, weder Neugierde noch Erwartung zu haben. Was
noch zu tun war, würde sich zeigen. Er war glücklich die
Gestalten seiner Tradition wiedergefunden zu haben, befreit
von einengenden Festlegungen und Dogmen. Wieder einmal
war ihm, als begänne das Leben neu. Etwas flutete durch ihn
hindurch, egal, was es sein mochte; ihm schien es ein
gewaltiger Gesang von Freiheit und Freude zu sein.

27. Aug. 2017

„Markus", sagte Sofia, „du wirst es nicht glauben; ich war in einem Gottesdienst, einem evangelischen Gottesdienst. Da wurde eine Ikone der Muttergottes geweiht und in einer Prozession an den Platz in der Kirche gebracht, von dem aus sie wirken sollte. In einem protestantischen Gottesdienst!"

„Hat es etwas mit dir gemacht?"

„Ich habe gefroren."

„Du liebst doch aber die Gottesmutter."

„Eben drum. Sie wirkte so fremd, so verloren in diesem protestantischen Ambiente."

Und, was hast du dir gewünscht?"

„Eine Umgebung, in der sie wirken könnte – heilend, gemeinschaftsstiftend, inspirierend, lebensnah. Zu ihren Füßen müssten Kinder spielen, Liebende Kerzen anzünden, Problembeladene von ihren Sorgen sprechen. Das ist ganz etwas anderes als Kunst- und Symbolgeschichte zu betreiben."

„Wer weiß. Vielleicht zieren bald auch hier Krücken und Korsetts die Wände wie in den Wallfahrtskirchen. Ich werde meine auch gerne dort abgeben."

„Du hast ja deine Schamanen. Gib die Krücken doch in der oberen oder unteren Welt ab."

Sie mussten beide lachen.

„Wenn du willst", meinte Markus, „erzähle ich dir mal meine Theorie zum Thema" Wirksamkeit von Bildern."

„Nur zu."

„Die Ikone kommt wie alle anderen Wahrnehmungen in deinem Kopf als Sammlung bunter Flecken an. Die werden in verschiedenen Zentren mit Ähnlichem verglichen, mit Assoziationen angereichert und zum dir eigenen Bild wieder zusammengesetzt. Zum Schluss wird dieses, dein Konstrukt, wieder nach außen projiziert. So siehst du deine Ikone und glaubst, alle anderen sähen sie genau so."

„Was soll mir das sagen?"

„Ich versuche, mir selbst klar zu machen, wie religiöse Symbole wirken, wann und warum. Dabei habe ich ein 'weltbewegendes Gesetz' entdeckt."

„Ich höre."

„Das Gesetz der Resonanz. Jemand, der z. B. Magengeschwüre hat, sieht so ein weiblich-mütterliches Symbol, Dadurch kann das Urbild des Mütterlichen in ihm selbst aktiviert werden. So dass er/sie etwas Tröstendes, Helfendes, Heilendes erlebt. Einfach, weil in seinen Erinnerungsspeichern früher erlebtes Bemuttert-werden aktiviert wird. Eine Welle von 'alles ist gut' wandert durch seine Synapsen – Maria hat geholfen."

„Hat sie doch auch."

„Okay, der Vorgang ist ja einfach und stimmig. Deswegen ist das Symbol in der Volksfrömmigkeit auch nicht tot zu kriegen. Nehmen wir jetzt aber mal ein Kruzifix mit Korpus. Was wird aktiviert? Erinnerungen an eigene Traumata, Mitleid mit einem Gefolterten, der Impuls, ihm zu helfen. Nun heißt es, dieser Todgeweihte wird für deine Sünden gemartert. Du bist schuld an seiner Misere. Das widerspricht deinem Selbstverständnis und deiner Lebenserfahrung. Diese Deutung vergewaltigt die Ordnung deiner Bilderwelt. Sie ist weder sinnvoll, noch helfend, noch heilend, noch vertrauenerweckend."

Wieder lacht Sofia. „Was denn nun: Maria statt Jesus?

„ Nein. Aber nicht glauben a n Jesus und sein 'Heilswerk', sondern glauben w i e Jesus, ihn zum Vorbild wählen."

„Was schaust du so traurig?",fragte Sofia.

„Mich überfällt die Erinnerung an ein Buch das mir den mutterlosen Protestantismus von seiner kältesten Seite gezeigt hat."

„Erzähl".

„Ich habe mich vor Jahren mit protestantischer Psychotherapie beschäftigt und dabei von einer alkoholkranken, depressiven Frau gelesen, der man die Kinder fortgenommen hatte. Worin bestand die Hilfe? Die Therapeuten hatten auf Sätze aus der Geschichte von Kain und Abel verwiesen: 'Die Sünde ruht vor der Tür und droht dich zu überschwemmen, wenn du nicht fromm bist und das heißt, keine Herrschaft über sie hast.' Weiter verwiesen sie auf Predigten mit einem Nebeneinander von Gnade und Gericht Gottes (69)."

Sofias Augen füllten sich mit Tränen. Aber dann lächelte sie. Und es schien Markus, als wolle sie sagen: „Immer, Liebes! gehet die Erd' und der Himmel hält" (70).

28. Aug. 2017

Sofia kam noch einmal auf das „Gesetz der Resonanz" zurück: „Was ist denn mit dem 'Himmlischen Spagetti-Monster'? Passt das auch in deine Theorie?"

„Nein passt nicht – oder nur sehr bedingt. 'Spagetti-Monster' – was geht da bei mir in Resonanz? Die Stellen in der Großhirnrinde, die für Witze zuständig sind, für Rätsel und Wortspiele. Das 'Spagetti-Monster' erreicht nicht die tiefen Schichten, die auf das Faszinierende, das Erschütternde, das Erhabene, kurz das Heilige reagieren (71). Darum ist es höchstens eine Fußnote der Religionsgeschichte. Ach Sofia, ich könnte dir noch tagelang weitererzählen. Wir können uns aber auch deiner Großen Mutter befehlen und ins Kino gehen. Und dann schauen wir mal!"

02. Sept. 2017

Es gab soviel zu erkunden, zu erleben, zu bedenken. Markus wusste nicht, wo er anfangen sollte. Künstliche Intelligenz, würde sie „innere Reisen" verändern?

Medienunterstützte Meditation wie „Holosync", machte sie abhängig vom Medium und ließ die Eigenaktivität erlahmen? (72)

Mit Sofia konnte er sich kaum austauschen. Sie war mit einer Flüchtlingsfamilie beschäftigt, der bei einer Abschiebung in ihr Herkunftsland Gefängnis und Folter drohte. Für ein Bleiberecht musste ein Job her. Denn die Familie durfte dem deutschen Staat nicht zur Last fallen.

Markus hätte alle diese Fragen und Probleme gern von seinen

„inneren Begleitern" lösen lassen. Fehlanzeige. Sie ließen ihn steigen und fallen, wandern und fliegen. Nett, half ihm aber nicht weiter.

03. Sept. 2017

Dann musste Markus zu einer Beerdigung. Zum ersten Mal erlebte er eine konsequent areligiöse Trauerfeier. Kein gemeinsames Lied, kein Gebet, kein Ritual, wie er es kannte. Es ging um Familie, Freunde und Weggenossen. Es ging um Erinnerung: In unseren Herzen wirst du weiterleben.

Markus hätte sich so sehr irgendetwas gewünscht, was die Dimension der Mitmenschlichkeit überstiegen hätte. Aber da war nicht einmal eine Leerstelle, da war gar nichts. Er sehnte sich nicht nach den alten Formen zurück. Er sehnte sich nach Worten, Liedern, Bildern, die Hier und Jetzt eine Brücke bildeten zur Transzendenz, zur Tiefe des Seins, zum nur zu Erahnenden, wie auch immer. Die pure Diesseitigkeit, erschien ihm wie ein Gefängnis.

„Ach, meine Helfer, wie geht es jetzt weiter. Wie geht es weiter mit dem Tod an meiner Seite. Muss ich noch tiefer eindringen in das Geheimnis des Seins, des Lebens, der Liebe? Stehe ich immer noch am Anfang? Was muss geschehen für ein Leben in Fülle, schmerzhaft und schön, voller Gefahr, voller Vertrauen?"

6. Sept. 2017

„'Enkeltaugliche Kirche', das ist gut, damit kann ich etwas anfangen." Markus Anliegen bekam immer deutlichere Konturen. Das neuerliche Nachdenken wurde ausgelöst durch Berichte über den Computer „deep mind", der den chinesischen Weltmeister im Go-Spiel, das komplexer als Schach ist, besiegt hatte.

In Zukunft würde also das, was zur Zeit in den Schulen vor allem gefördert wurde, die kognitive Intelligenz, von Computern übernommen werden. Was blieb dann als spezifisch Menschliches? Das Fühlen, das Ahnen, das Imaginieren gehörte auf jeden Fall zur Menschwerdung des Menschen dazu. Gerade die Imagination schien Markus so etwas wie ein missing link zwischen Erleben und Begreifen zu sein. Das war es, was er seinen Schülern und damit der Enkelgeneration für's Leben mitgeben wollte.

Das hatte er gesucht wie die Nadel im Heuhaufen, wie den Schatz im Acker, ohne zu wissen, was er eigentlich suchte. Denken ohne Imaginieren erschien ihm nun wie Sehen ohne Hören, wie Sympathikus ohne Parasympathikus, wie Kopf ohne Herz. Nicht, dass diese Erkenntnis grundsätzlich neu gewesen wäre. Für ihn war das Neue das Erleben, nicht nur das Darüber-Reden. Er fand sich wieder in den Worten von Brigitte Dorst: „Imaginationen gehören zum Reich der Phantasie, zudem alle Menschen ein Zugangsrecht haben. Es ist ein geheimnisvoller Zwischenraum zwischen Innenwelt und Außenwelt, in dem aus der Verknüpfung von inneren Bildern, Erinnerungen und Emotionen kreativ Neues gestaltet werden kann. ... Jeder Mensch kann die Kraft der Imagination nutzen" (73).

08. Sept. 2017

Das Leben ging weiter. „Enkeltaugliche Kirche" war ein brauchbarer Begriff für's Nachdenken und Pläneschmieden.

Markus las in „Publik Forum" ein neues Interview mit Klaus Peter Jörns: Nach dessen Auffassung war, entsprechend dem Weltbild der neuen Physik, Leben entstanden „aus einer unglaublichen Verdichtung von Quanteninformation und hatte sich entfaltet in einem immer differenzierter werdendem Beziehungssystem. Dass dies alles Zufall gewesen sein soll, mag ich nicht denken. Diese Vorstellung ist mir zu kalt. Denn ich weiß aus Erfahrung: Geist hellt das Gemüt auf, und Liebe wärmt das Herz. Das ist und hat Sinn" (74). Von diesen Worten überzeugt würde Markus Mitglied in der „Gesellschaft für eine Glaubensreform" werden (75). Und weiter würde er „reisen" und die Macht der inneren Bilder erkunden.

Im Herbst gab es wieder einen Workshop mit dem Schamanen aus der Kore-Tradition.

Es ging in die nächste Runde.

Anmerkungen

1 Oertli, Jakob: Schamanisches Heilbuch, München 2010
2 von Lüpke, Geseko: Altes Wissen für eine neue Zeit, München 2014
3 die Kirche muss immer reformiert werden
4 1. Könige 19, 11 – 12
5 Psalm 31, 9 b
6 siehe 2
7 EKD: Für uns gestorben, Gütersloh 2015
8 Eliade, Mircea: Geschichte der religiösen Ideen
9 Bultmann, Rudolf: Neues Testament und Mythologie, Nachruck von 1941, München 1985
10 Wilber, Ken: Naturwissenschaft und Religion, Frankfurt 2010
11 EKD: Evangelische Spiritualität, Gütersloh 1979
12 Dürr, Hans-Peter: Es gibt keine Materie, Amerang 2012
13 Hüther, Gerald: Die Macht der inneren Bilder, Göttingen 2015
14 Dürr/Oestreicher: Wir erleben mehr als wir begreifen, Freiburg 2001
15 Hüther, Gerald: Etwas mehr Hirn bitte, Göttingen 2015
16 Harner Michael: Der Weg des Schamanen, München 2011
17 von Lüpke Geseko: Visionssuche, Klein Jasedow 2015
18 Bernhardt, Olaf: Spirits, Geister im Herzen, Uhlstädt-Kirchhasel 2015
19 Thalhamer, August: Der Heilungsweg des Schamanen, Linz 2007
20 Lukas 9, 28 – 36
21 Harner, Michael: Die Wirklichkeit des Schamanen, München 2016

22 Schwarzenau, Paul: Das nachchristliche Zeitalter, Stuttgart 1993

23 Jung C. G.: Das Rote Buch, Ostfildern 2016

24 Dürr, Hans-Peter / Panikar, Raimon: Liebe – Urquelle des Kosmos, Freiburg 2008

25 Kuby, Clemens: Unterwegs in die nächste Dimension, München 2008

26 Jung, C. G.: Erinnerungen, Träume und Gedanken, Olten 1971

27 Winner Ellen / Rai, Mohan: Mundhum, Uhlstädt-Kirchhasel 2008

28 Steiner, Rudolf: Wie erlangt man Erkenntnisse höherer Welten?, Stuttgart 1948

29 Sölle, Dorothee: Die Hinreise, Stuttgart 1997

30 Jung, C. G.: Gesammelte Werke Bd. 8, Düsseldorf 1995

31 Schultz J. H.: Das autogene Training in: Frankl, Gebsattel, Schultz, München 1972

32 Leuner, Hanscarl: Katathymes Bilderleben, Bern 1994

33 Grof, Stanislav: Immpossible, Wenn Unglaubliches passiert, München, 2008

34 Wilber, Ken: Integrale Spiritualität, München 2007

35 von Goethe, J.W.: Maximen und Reflexionen, Weimar 1907

36 Swedenborg, Emanuel, 1688-1772, schwedischer Wissenschaftler, Mystiker und Theosoph

37 Erikson, H. Erik: Der junge Mann Luther, Frankfurt 1975

38 Tillich, Paul: Die verlorene Dimension, Hamburg 1962

39 Schleiermacher, Friedrich: Über die Religion, hrsg. Von Andreas Arndt Meiner, Hamburg 2004

40 Geißler, Heiner: Sapere aude, Berlin 2012

41 Childre, Doc / Martin, Howard: Die Herzintelligenz-Methode, Kirchzarten 2016

42 Kohut, Heinz: Narzißmus, Frankfurt 1976
43 siehe 10
44 aus: Wilber: Trump and a Post-Truth-World, https://
integrallife.com/trump-post-thruth-world
45 www.hoye.de/mystik/aachen3.pdf
46 siehe 7
47 www. akademiefuerpotentialentfaltung.org
48 siehe 7
49 Geißler, Heiner: Was müsste Luther heute sagen?,Berlin
2015
50 Urban, Martin: Ach Gott, die Kirche, München 2016
51 siehe 34
52 siehe 13
53 Eliot, T. S.: Das wüste Land, Wikipedia
54 siehe 34
55 WDR Lebenszeichen 17. 04. 2016
56 Roth, Gerhard / Strüber, Nicole: Wie das Gehirn die Seele
macht, Stuttgart 2014
57 siehe 24
58 Graf Dürckheim, Karlfried: Im Zeichen der großen
Erfahrung, München 1974
59 Jörns, Klaus-Peter, Notwendige Abschiede, Gütersloh 2005
60 siehe 10
61 Frankl, Viktor E.: trotzdem Ja zum Leben sagen, München
2012
62 Währisch-Oblau, Claudia: Kirche und Heilung, VEM
Wuppertal
63 Mann, Frido und Mann, Christine: Es werde Licht,
Frankfurt 2017
64, Graf, Friedrich Wilhelm: Der Protestantismus, Geschichte
und Gegenwart, München 2006

65 Geißler, Heiner: Kann man noch Christ sein, wenn man an Gott zweifeln muss? Berlin 2017

66 de Chardin, Teilhard: Der Mensch im Kosmos, München 2010

67 Matthäus 17, 1 – 8

68 Publik Forum, 11/2017

69 Scharfenberg, J./ Kämpfer, H.: Mit Symbolen leben, Olten 1980

70 Hölderlin in Flasch, Kurt: Warum ich kein Christ bin, München 2013

71 Otto, Rudolf: Das Heilige, München 2004

72 evolve, Magazin für Bewusstsein und Kultur, Juli – Sept. 2017

73 Dorst, Brigitte: Lebenskrisen, Mannheim 2010

74 Publik Forum 17/2017

75 Gesellschaft für eine Glaubensreform e. V., http://www.glaubensreform.de

Bildnachweis

1 „Hör die Flöte" (Titelbild) Davoud Sarfaraz
2 „Schamanismus" aus Viebsky, Piers, Schamanismus, Köln 2007
3 „Nacht" Monika von der Ecken
4 „Galsan Tschinag" aus Geseko von Lüpke, Altes Wissen, München 2014
5 „Ohne Titel" Davoud Sarfaraz
6 „Emigration" dto.
7 „Sixtinische Madonna"
8 „Der Baum des Himmels" Davoud Sarfaraz
9 „Quelle des Lebens" dto.
10 „Herzschwingungen" Monika von der Ecken
11 „Dunkelengel" aus „Geburt Christi",Matthias Grünewald
12 „Demut" Monika von der Ecken
13 „Stalingradmadonna" Kurt Reuber
14 Playmobil-Luther
15 „Freiheit über alles" Davoud Sarfaraz
16 „Ecce homo" Lovis Corinth
17 „Der Weg sagt, wie man gehen muss" Davoud Sarfaraz

Herstellung und Verlag:
BoD - Books on Demand, Norderstedt
ISBN 978-3-7460-6546-5